이 책의 한국어판 저작권은 BC 에이전시를 통한 저작권자와의 독점계약으로 도서출판 잇북에 있습니다.
신 저작권법에 의해 한국 내에서 보호를 받는 저작물이므로 무단전재와 무단복제를 금합니다.

이 도서의 국립중앙도서관 출판시도서목록(CIP)은 서지정보유통지원시스템 홈페이지(http://seoji.nl.go.kr)와 국
가자료공동목록시스템(http://www.nl.go.kr/kolisnet)에서 이용하실 수 있습니다.
(CIP제어번호:2015035871)

캐치

그래, 살았으니까 다시 살아야지

오카자키 아이코

김대환 옮김

잇북
it BOOK

나는 지금도 살아 있다.

2005년 4월 25일은 결코 잊을 수 없는 날이다.
107명의 목숨을 앗아간 JR 후쿠치야마 선 탈선사고.

많은 분들이 알고 있는 사고라고 생각합니다.
이 사고로 인해 저는 휠체어 신세를 지게 되었습니다.
목뼈가 손상되어 목 아래로 마비가 남아서 혼자 힘으로는 걸을 수 없습니다. 팔은 움직일 수 있지만 손가락도 마비가 남아서 구부릴 수 없기 때문에 물건을 쥘 때 필요한 악력은 아예 없습니다.
지금도 도구가 없으면 글씨를 쓰지 못하고, 목욕을 하는 데도, 옷을 갈아입는 데도 누군가의 도움이 필요합니다.
"한번 손상된 신경은 원래 상태로 돌아오지 않습니다. 더 이상 걸을 수 없을 것입니다."

의사가 제게 내린 선고였습니다. 텔레비전 드라마에서나 보던 장면이 설마 저에게 일어나리라고는 생각지도 못했습니다.

당시 도시샤 대학 2학년이던 열아홉 살의 저에게는 도저히 받아들일 수 없는 잔혹한 현실이었습니다.

평온했던 일상은 소리도 없이 순식간에 사라져버렸습니다.

사고를 당하기 전의 저는 애견 다이너와 프리스비frisbee(플라스틱으로 만든 원반. 또는 그 원반을 서로 던지거나 받는 놀이나 경기) 도그 대회에 매달 참가할 정도로 도그 스포츠에 푹 빠져 있었습니다. 대학에 들어가서는 다른 아이들처럼 동아리에도 가입하지 않고 수업이 끝나면 강변공원에서 다이너와 프리스비를 연습했습니다. 프리스비는 바람 같은 날씨에 쉽게 영향을 받기 때문에 그것에 적응하기 위해 바람이 세게 부는 날이나 비가 오는 날에도 거의 매일 연습했습니다.

그런데 이제는 더 이상 프리스비도 잡을 수 없습니다. 다이너와 함께 경기장을 종횡무진 달릴 수도 없습니다. 하물며 병원 침대에서 상체를 일으킬 수조차 없습니다.

저는 그런 제 몸을 받아들이지 못하고 매일 밤 눈물로 지새웠습니다. 앞으로의 인생에 대한 불안에 짓눌려서 가까스로 목숨을 구하고도 '이렇게 아무것도 할 수 없이 살 바에는 차라리 그때 죽는 게 나았을지도 몰라.'라는 생각조차 했습니다.

그런데 그런 생각이 백팔십도로 바뀌었습니다.

인생의 밑바닥에서 헤매고 있던 저를 다시 세상 사람들과 어울려 살아갈 수 있도록 끌어올려준 것은 가족과 저를 언제나 응원해주는 주변 사람들, 그리고 애견들이었습니다.

제가 사고 후유증 때문에 할 수 없게 된 것은 그밖에도 헤아릴 수 없을 정도로 많았습니다.

해마다 타러 가던 스노보드는 물론 대학 졸업여행도 갈 수 없었고, 단골로 가던 가게도 계단이 있어서 들어갈 수 없게 되었습니다. 할 수 없는 일만 모아놓고 보니 저는 아무것도 할 수 없는 인간이 되어버린 듯한 생각이 들었습니다.

그런데 저의 이런 사고방식과 관점을 바꾸자 할 수 있는 일은 얼마든지 있었습니다. 예를 들어 걸을 수 없어도 휠체어가 있으면 이동할 수 있습니다. 글자도 도구가 있으면 쓸 수 있습니다.

할 수 없는 일을 한탄하고 있어봐야 자기만 괴로울 뿐 거기서는 아무것도 생기지 않는다는 것을 몸소 체험하고 나서야 저는 깨달을 수 있었습니다.

어차피 바꿀 수 없는 것은 받아들이는 것이 가장 현실적이지만 '다른 방법은 없을까?' '이렇게 하면 할 수 있지 않을까?'라고 사고방식을 바꾼 것입니다.

세상에는 "안 돼." "무리야." "못해." 따위로 말하며 자신의 가능성에 한계를 지어버리는 사람이 많은 것 같습니다. 저도 사고를 당하기 전까지는 그랬습니다.

사람은 언제 죽을지 모릅니다. 내일일지도 모르고, 20년 후일지도 모릅니다.

죽지만 않으면 이 세상에는 무한한 가능성이 펼쳐져 있습니다. 그래서 저는 이대로 포기하지 않고 작은 걸음이나마 일단은 한 걸음 내디뎌보고 싶다고 생각한 것입니다.

저는 지금 개와 사람이 함께 웃을 수 있는 세상을 만들고 싶다는 생각에 도그 트레이닝을 배워서 창업했습니다. 휠체어 사용자도 도그 트레이닝을 할 수 있을지, 저에게는 큰 도전이기도 했습니다. 하지만 그 사고가 없었다면 저는 필시 평범한 회사원으로 평생을 살아갔을 것이라고 생각합니다.

지금이니까 비로소 그 사고에 의미가 있었다고 생각할 수 있는지도 모르겠습니다.

자기 이야기를 책으로 펴낸다는 것은 정말이지 부끄럽기 짝이 없는 일입니다. 하지만 그 이상으로 제가 걸어온 길, 그 길에서 배운 것을 많은 사람들에게 전하고 싶었습니다. 그 마음이 너무나 커서 부끄럽다는 마음을 이번만은 접어두기로 했습니다.

3
'가능성'을
보다

6
나의 한계를
정하지 않는다

1

작은 한 걸음,
큰 자신감

스타트
라인

2006년 5월 6일, 나는 다시 프리스비 도그 대회의 스타트라인에 섰다.

"레디고!"

출발 신호와 동시에 다이너에게 말했다.

"다이너, 달려!"

다이너가 달려 나가고 난 프리스비를 던졌다.

거리는 10미터에도 미치지 못한다.

그래도 다이너는 언제나 변함이 없다.

기쁜 표정으로 내가 던진 프리스비를 쫓아가준다.

사고가 일어난 지 377일 후 나는 마침내 퇴원할 수 있었다. 정말로 긴,
두 번 다시는 경험하고 싶지 않은 병원 생활이었다.

그 당시, 집을 아직 개조하기 전이어서 휠체어로 이동해야 하는 나에게는 집 안 곳곳이 장애물이었기 때문에 내가 있을 곳은 병원밖에 없었다. 나중에 알고 보니 부상자 562명 중 입원 기간은 내가 가장 길었다. 명예인지 불명예인지 모를 기록이다.

퇴원하기 전날, 프리스비 도그 대회에 참가했다.

사고 직후의 나는 다시는 프리스비를 할 수 없다고 비관하면서 이렇게 빨리 경기장에 돌아올 수 있으리라고는 생각도 하지 못했다.

프리스비 도그 대회는 정해진 시간 내에 개 주인이 던진 프리스비를 개가 어떤 상태로 몇 번이나 캐치할 수 있는지를 겨루는 경기다. 대회에 참가했다고 해도 우리는 최하위 그룹에 속했다. 그래도 나에게는 경기장에서 다이너와 프리스비를 할 수 있다는 것 자체만으로도 충분했다.

내 몸 상태는 처음 입원할 당시와 크게 달라진 것이 없었다. 손아귀로 쥐는 힘인 악력은 여전히 없는 것이나 마찬가지였고, 물론 일어서서 걸을 수도 없었다. 다만 꼭 잡고 싶었던 프리스비를 약 반년에 걸쳐 집게손가락과 가운뎃손가락 사이에 끼워서 겨우 들어 올릴 수 있게 되었을 뿐이다. 그것 한 가지만 하더라도 나에게는 큰 전진이었다.

그런데 프리스비를 들어 올렸다가도 바람만 불면 금방 떨어뜨렸다. 그냥 손에 올려놓았다고 하는 게 맞는 표현일지도 모른다. 입원 중에는 시간밖에 없었기 때문에 그 상태에서도 다이너가 프리스비를 캐치할 수 있도록 병원 옆 광장에서 프리스비를 던지는 연습을 했다. 처음 연습할 때 던진 거리는 4미터 정도. 사고를 당하기 전에는 50미터쯤 던질 수 있었으니까 거리가 10분의 1 이하로 줄어든 셈이다.

그래서 난 프리스비를 좀 더 멀리 던지기 위해 다양한 방법을 시험해보았다. 도움이 될 만한 도구는 없는지 닥치는 대로 찾아서 시험해보기도 하고, 실리콘으로 프리스비를 잡은 모양대로 손을 고정시켜서 시험해보기도 했지만 모두 다 실패로 끝났다. 결국 익숙해지는 수밖에 없다고 생각한 나는 연습에 연습을 거듭한 끝에 간신히 8미터 정도까지 던지는 거리를 늘릴 수 있었다.

'멀리 던지지 못해서 미안해. 더 뛰고 싶을 텐데.'

그렇게 마음속으로 생각하면서도 나는 어쩔 도리가 없었다.

'이런 상태로 대회에 나가봤자 창피만 당하지 않을까?'

'사고로 팔다리를 쓰지 못하는 내 모습을 사람들에게 보여주고 싶지 않아.'

병원에 있으면서 그런 생각이 머릿속에서 떠나질 않아서 대회에 나가는 것을 정말 많이 망설였다. 불과 얼마 전까지만 해도 건강한 모습으로 프리스비를 던졌는데, 지금은 휠체어 신세를 지고 있으니 승부 자체가 안 된다.

속으로는 '프리스비를 하고 싶다!'는 마음이 굴뚝같았지만 지금의 내 모습을 주위 사람들이 어떻게 생각할지 정말로 두려웠다.

그래도 대회에 참가하면서 알게 된 애견 친구들은 병문안을 오면 "언제 또 같이 프리스비를 해야지?" "다이너도 보고 싶어요." "경기장에서 만나요."라고 말해주었다. 그들의 말만큼 내 마음을 심하게 흔들어놓은 것은 없었다. 그때마다 나는 열심히 프리스비를 하고 있는 다이너와 내 모습을 떠올렸다.

나를 기다려주는 사람들이 있다.

'못 나갈 이유도 없잖아?'

나는 그렇게 생각했다. 게다가 다이너는 내가 제대로 던지지 못하는 프리스비를 예전과 똑같이 캐치해준다. 그것을 가지고 돌아와서는 다시 던지라며 무릎 위에 살며시 올려놓는다.

나는 다시 대회에 나가기로 결심했다.

오랜만에 참가하는 대회는 사고를 당하기 전과 달라진 것이 아무것도 없었다. 드넓은 경기장에 쭉 늘어선 텐트. 경기장에 울려 퍼지는 음악소리에 뒤섞여 여기저기에서 개들이 "멍멍멍." 하고 짖는 소리가 반갑다.

"아이코, 오랜만이야."

"오늘, 대회에 참가하는 거야? 재미있게 즐겨."

사람들이 내 옆을 지나갈 때마다 말을 걸어주었다. 병원에 병문안을 와준 사람, 1년 만에 보는 사람, 이곳에서 다시 살아서 만날 수 있다는 것이 기적 같았다.

이날은 비거리가 나오지 않아도 점수가 가산되는 초보자 부문에 출전 했다. 오전과 오후에 1라운드씩, 2라운드의 합산 점수로 승부를 겨룬다. 아무리 초보자 부문이라 해도 10미터도 던질 수 없는 상황에서는 역시 승부가 안 된다.

그래서 나는 다이너와 대회 자체를 즐기는 데에만 집중하고, 다이너 가 프리스비를 한 번 캐치하는 것에 목표를 두기로 했다.

"참가번호 9번, 오카자키 아이코, 다이너."

오랜만에 이름이 불리자 긴장되었다. 다이너와 함께 경기장에 들어가 준비를 마쳤다. 당장이라도 달려 나가고 싶어 하는 다이너의 눈빛은 나 에게 줄곧 고정되어 있었다.

문득 경기장 주위를 둘러보니 관중들이 꽤 많이 일어나 있었다. 50명 은 족히 넘는 것 같았다. 그때까지 한 번도 본 적이 없는 광경에 몸은 순 식간에 경직되었고, 나는 얼른 시선을 다이너에게로 돌렸다.

"즐기자."고 스스로에게 들려주고, 심호흡을 한 번 했다.

2006년 10월, 사고 후 두 번째 프리스비 도그 대회에서.

진행자의 신호로 다이너와 나의 1분 동안의 경기가 시작되었다.

그런데 다이너의 달리기 속도가 평소보다 빨랐다. 연습할 때와 달라서 좀처럼 타이밍이 맞지 않았다.

그래도 세 번째 던졌을 때는 마침내 프리스비를 캐치할 수 있었다. 그 순간 환호성과 박수소리가 일제히 터져 나왔다.

'날 이렇게 응원해주는 사람들이 있었다니.'

내 모습을 보여주는 데 불안을 느끼고 대회 참가를 망설였는데 다 쓸데없는 생각이었다.

결국 오전과 오후 합쳐서 두 번 캐치할 수 있었다. 우선은 목표 달성!

사고를 당하고 1년이 지나 이렇게 다시 경기장에 설 수 있었다는 것이 스스로도 놀라웠다. 작은 한 걸음일지도 모른다. 하지만 나에게는 그 한 걸음이 큰 자신감이 되었다.

누구한테도
지고 싶지 않아

1986년 1월, 나는 오사카 이케다 시에서 태어났다. 부모님과 두 살 아래의 여동생이 함께 사는 지극히 평범한 4인 가족이다.

유소년기의 나는 엄마가 밖으로 데리고 나가고 싶지 않을 정도로 활동적이고 고집이 센 데다 얌전하지 못한 여자아이였던 것 같다.

소꿉친구의 집에 있는 홈비디오에는 아동용 플라스틱 골프채를 휘두르고 있는 모습이랑 친구를 소파에서 밀어 떨어뜨리는 모습이 찍혀 있어서 지금도 이야깃거리가 되곤 한다.

언젠가 엄마와 버스를 탈 때는 버스요금을 넣는 곳에 작은 나뭇가지를 넣어서 구멍을 막아버렸다. 운전사 아저씨는 그것을 보고 잔뜩 짜증난 표정을 지으면서 필사적으로 나뭇가지를 뽑아냈고, 엄마는 미안해서 고개를 들 수 없었다고 한다. 얼마나 난감했을지 쉽게 상상할 수 있었던 나는 엄마의 마음이 충분히 이해되었다.

인형놀이나 그림 그리기보다 공놀이나 벌레 잡기 등 밖에서 몸을 움직이는 쪽을 더 좋아한 나는 여자아이답지 않은 여자아이였다.

밖에서만 놀았던 것으로 봐서 초등학교 때는 운동신경이 좋은 편이었다고 생각한다.

달리기가 빨랐던 것은 아니지만 공을 갖고 노는 놀이, 그러니까 피구와 발야구, 축구를 잘해서 남자아이들 사이에 여자 혼자 섞여서 노는 일이 다반사였다. 피구 대회에 여자 혼자 섞여서 나간 적도 있다. 나 나름대로는 꽤 잘하는 편이었다고 생각한다.

이런 나의 성격을 굳이 말로 표현하자면 고집이 세고 지는 것을 싫어

여동생의 유치원 입학식에서.
여동생 세 살, 아이코 다섯 살.

했다. 특히 지는 것을 굉장히 싫어했던 나는 무엇을 하든 내가 가장 잘하지 못하면 용납하지 못했다.

내 능력으론 도저히 할 수 없는 일도 지는 것을 인정하고 싶지 않았기 때문에 "별로 대단한 일도 아니네." 따위로 말하며 전혀 솔직하지 못했다.

지금은 "침착하네요." "냉정하군요."라는 말을 들을 때가 많은 것을 보면 사람은 성장하는 존재라는 것을 실감한다. 다만 본질적으로 지기 싫어하는 성격은 바뀌지 않아서 그 덕에 나중에 많은 도움을 받았다고 생각한다.

철이 들 무렵부터는 동물과 공룡을 엄청 좋아했다.

공룡도감은 당시 나의 애독서였다. 동물과 관련된 텔레비전 프로그램은 매주 빼놓지 않고 보았다. 사바나에서 펼쳐지는 약육강식의 세계를 보고는 "가젤, 도망 가!"라든가 "먹잇감을 잡지 못하면 치타가 죽을 거야."라고 동물에 감정을 이입하고 눈물을 흘리며 텔레비전에서 눈을 떼지 못했다.

언젠가 사바나에 가서 야생 사자가 살고 있는 모습을 보고 싶다는 것이 어렸을 때부터의 꿈이었다.

참고로 나의 애견 다이너의 이름은 '다이너소어(공룡)'에서 따왔다.

그렇게 동물을 좋아한 반면 어렸을 때 나는 실은 개를 싫어해서 강아지조차 만지지 못했다.

내 기억에는 없지만 엄마에게 듣기로는 미니어처 핀셔라는 소형견이 어린 나를 공격한 적이 있다는데 그때부터 개를 싫어하게 된 모양이다.

그 일 때문이었는지 나에게 개는 시끄럽게 짖고 무는 흉포한 생물이라고 인식되어 있었다.

초등학생 때 친구 집에 놀러 갔을 때도 그 집에서 키우던 비글이 방 안을 뛰어다닐 때마다 소파 위로 도망쳐 올라갈 정도였다. 개와 같은 공간에서 살다니 당시엔 도저히 생각할 수 없는 일이었다.

인생을
바꿔놓은 만남

그런 나와는 대조적으로 여동생은 개를 무척 좋아했다.

여동생은 초등학생 때부터 개를 키우자고 줄기차게 졸라댔다.

나는 "절대로 안 돼. 그리고 제대로 돌볼 수나 있겠니?"라며 결사반대했다. 그러나 여동생은 나도 모르는 사이에 엄마에게 '중학교에 들어가면 키우자.'는 약속을 받아냈다.

그리고 여동생이 마침내 중학교에 들어가자 정말로 개를 키울지 말지에 대해 가족회의가 열렸다.

여동생은 '무조건 키우고 싶다', 엄마는 '언젠가는 키워보고 싶었으니까 이참에 키워볼까?', 아빠는 '키워도 되지만 성가시기는 할 거야', 나는 '절대 반대'.

이미 3대 1의 구도였다.

"엄마, 난 역시 셰퍼드가 잘생겨서 좋더라."

"셸티도 귀엽지 않니?"

집에서는 어떤 종이 좋은지 검토하기 시작했다.

"개는 절대로 안 된다니까!"

내 의견은 완전히 무시되고 있었다.

그러다 나한테는 비밀로 하고 엄마와 여동생은 둘이서 애완동물가게에 가기로 했다는 강경수단으로 나왔다. 이렇게 되면 도저히 이길 가망이 없다.

결국 "키워도 되지만 난 절대로 돌보지 않을 거야!"라고 몇 번이나 다짐을 받고 마지못해 키우기로 했다.

그런데……. 충분히 상상이 가리라 생각하지만 흔히 있는 패턴이 두고두고 일어난다.

견종은 이미 코기로 정해져 있었다. 엄마는 전부터 동경하던 저먼 셰퍼드 도그를 키우고 싶어 하는 눈치였지만, 너무 커서 처음 키우기에는 적합하지 않다는 애완동물가게 점원의 말에 뾰족한 귀와 털색이 비슷한 삼색(검정색, 흰색, 갈색)의 웰시 코기로 정했다.

견종이 정해지자 나머지는 일사천리였다. 수의사 친구의 연줄을 이용해 2000년 4월 우리 집에 첫 개가 들어왔다.

가족 모두가 개를 맞이하러 갔다. 우리가 간 곳에는 작고 복슬복슬한 남자아이가 있었다. 짧고 굵은 코기 특유의 다리 때문에 꼭 봉제인형을 보는 것 같았다.

"어머나, 정말 귀엽다."

"아직 귀도 처져 있고, 얼굴도 새까매."

"오늘부터 우리 아이네. 잘 부탁한다."

엄마와 여동생은 신이 나서 떠들었다. 그 뒤에서 나는 엄마가 안고 있는 강아지를 말없이 바라보고 있었다.

이름은 '아농'.

특별한 유래는 없고 그냥 엄마가 지었다.

아농이 강아지였을 때는 같이 놀아준 기억이 별로 없다. 강아지라고 해도 나에게 개는 그저 개일 뿐이었다.

"물리면 어떡해. 날 쫓아올 때는 어떡하면 되지?"

난 역시 무서워서 아농을 만지지도 못하고 그저 멀리서 가만히 바라

볼 뿐이었다. 유감스럽게도 내가 강아지였을 때의 아농을 안고 찍은 사진은 없다.

우려하던 사태는 금방 찾아왔다.

여동생이 중학교에서 운동부인 테니스부에 들어간 것이다. 매일 아침 훈련에 방과 후에는 연습이 이어졌다. 집에서 학교까지는 한 시간 반 정도 걸렸기 때문에 여동생이 집에 돌아오는 시간은 밤 8시 무렵이었다. 나도 소프트볼부에 들어가 있었지만 운동부와는 차원이 다른 동호회 성격의 클럽이었기 때문에 연습은 일주일에 이틀밖에 없었고, 참석 여부 또한 내 마음대로였다. 수업이 끝나고 오후 5시에는 집에 돌아왔기 때문에 아농을 돌보는 것은 차츰 내 역할이 되어갔다.

"내가 돌보지 않겠다고 했잖아! 산책하러 못 가!"

"그렇게 말해봐야 무슨 소용이니? 아야는 운동부 연습 중이고 넌 집에 있으니까 잠깐 데리고 나갔다 오면 되잖아."

당초의 주장을 되풀이해보았지만 개가 있는 이상 쓸데없는 저항이었다.

가슴 줄을 묶는 방법도 모르고, 어떻게 산책을 해야 하는지도 몰랐다.

"아농에게 가슴 줄을 묶어놓았으니까 산책하고 와."

엄마의 말에 나는 반 강제로 나갈 수밖에 없었다. 리드 줄을 잡은 손이 긴장되었다.

"얌전히 걸어."

마음속으로 기도하지만 아무리 말해도 아농은 나를 끌어당기며 내 생각대로 가주지 않았다.

"이제 집에 돌아가자."

집에 돌아가려고 하면 고집을 부리며 그 자리에서 꼼짝도 하지 않았다. 옆에서 보면 이건 완전히 아농이 나를 산책시키고 있는 꼴이었다.

이것이 계기가 되었는지는 모르지만, 덕분에 아농과의 거리가 차츰 좁혀져서 나는 자연스럽게 아농을 만질 수 있게 되었다.

그런데 아농이 성장함에 따라 문제 행동이 속속 일어나기 시작했다.

쓸데없이 짖는 것은 물론, 가구를 갉아서 흠집을 내고, 집 안을 난장판으로 만들고, 으르렁거리고, 한번 문 것은 놓지 않고, 다른 개에게 싸움을 걸고…… 등등. 그야말로 몸통이 길고 다리가 짧은 악마 자체였다.

평소 아농이 있는 공간은 집 1층으로 한정되어 있었다. 어느 날 2층에서 볼일을 보고 1층으로 내려갔더니 아농이 다가와서 히쭉 웃었다.

"또 무슨 짓을 저질렀구나!"

이런 날은 대개 뭔가 사고를 쳤다고 보면 틀림없다.

"아! 그거 내 신발이잖아? 아농, 너!"

신발 끈 있는 데가 너덜너덜해진 운동화가 현관에 널브러져 있었다.

"이거 내가 아끼는 신발인데……. 아농, 이 못된 녀석!"

내가 화가 났다는 것을 알고 있다는 듯 아농은 멀리서 득의양양한 얼굴로 나를 보고 있었다. 피해자는 나뿐만이 아니었다.

여동생도 자기 필통을 물고 있는 아농 앞에서 울고 있었다. 아농에게 빼앗긴 것을 다시 찾아오는 것은 엄마나 나의 역할이었다.

"아농, 안 돼! 이리 내!"

이런 말에 순순히 내놓을 단순한 상대가 아니다. 어쩔 수 없이 먹을 것으로 시선을 돌리게 하여 잠시 정신을 파는 틈을 노려서 다시 빼앗아야 한다.

먹을 것에 대한 집착은 실로 대단했다. 우리가 식사를 하고 있을 때 현관에서 아농이 시끄럽게 짖고 있어서 무슨 일인가 하고 현관으로 가보면 그 틈에 재빨리 식탁으로 달려가 먹을 것을 노리곤 했다.

이때 의자를 뒤로 빼놓고 있으면 백퍼센트 당하고 만다. 빈 의자로 뛰어올라 식탁에 차려놓은 것을 먹어치운다.

'개가 원래 저렇게 머리가 좋은가?' 싶을 정도로 아농은 정말로 똑똑한 개였다.

매일 아농과 지혜 겨루기를 하는 동안 우리 가족과 아농의 거리는 점점 멀어졌다.

동시에 문제 행동도 심해졌다. 이래서는 정말 안 되겠다고 생각한 우리는 애견 교육서를 읽기도 하고, 수의사와 상담해보기도 하며 어떻게 안 될까 지푸라기라도 잡고 싶은 심정이었다.

애견 교육서마다 개가 해서는 안 되는 행동을 하면 반드시 야단을 쳐야 된다고 나와 있었기 때문에 실제로 야단도 쳐봤지만 나아질 기미는 전혀 보이지 않았다. 지금이야 알지만, 개를 키우는 방법이 완벽하게 실패한 것이었다.

그렇게 우리가 갈피를 못 잡고 있을 때 엄마가 이웃 분께 트레이너가 집으로 찾아와서 개를 훈련시켜주는 곳이 있다는 이야기를 들었다.

"한 번 와달라고 할까?"

"응, 그런 게 다 있었네?"

우리는 즉각 방문 요청을 했다. 이것이 도그 트레이닝과의 첫 만남이었다.

집에 온 사람은 긴 머리의 20대 남자였다. 목수처럼 옷을 입고 있었다. 허리에는 긴 리드 줄이 정성스럽게 묶여 있었다. 도저히 개를 상대로 장사를 하는 사람처럼 보이지는 않았다.

이야기를 나눠보니 참 성실한 사람 같아서 그 트레이너에게 주 1회 집에 와달라고 요청했다. 트레이닝은 엄마가 중심이 되어 배우게 되었지만 나도 참가할 수 있을 때는 함께 참가하기로 했다.

제일 먼저 우리가 배운 것은 간식거리를 이용해서 아농과 눈을 맞추는 연습이었다. 시선이 맞으면 간식을 주었다. 시선이 맞는 시간을 점점 늘려가고 간식을 주는 것을 반복했다. 그리고 다음은 아농을 불러서 되돌아오게 하는 연습을 했다.

아농에게 긴 리드 줄을 묶고 "아농, 이리 와!"라고 부른다. 순순히 돌아오면 칭찬해주고 간식을 주었다.

회를 거듭할수록 아농은 다른 개가 된 것처럼 바뀌어갔다.

이제까지는 불러도 오지 않았는데, 그렇게 문제 행동이 많던 개가 전속력으로 달려와서는 발밑에 얌전히 앉아 내 얼굴을 올려다보고 있는 것이 아닌가.

기적이었다.

"아농, 너 정말 대단하다! 거봐 하면 할 수 있잖아. 전과는 완전히 달라졌어."

'기다려'도 할 수 있게 되었고, 아농은 훈련을 받으며 점점 똑똑한 개로 바뀌어갔다.

동시에 우리도 아농을 대하는 방법을 이해하게 되어 관계가 깊어졌다. 분명히 알 수 있도록 대하기만 하면 개가 이렇게 바뀔 수도 있구나 하는 것을 우리는 아농을 통해 배울 수 있었다.

우리 집에 처음 왔을 때의 아농.

트레이닝이 어느 정도 진행되었을 때 이번에는 그룹 레슨에 아농을 데리고 가보기로 했다.

매주 일요일에 하는 그룹 레슨에는 소형견부터 대형견까지 열다섯 마리 정도가 참가했다. 아농의 입장에서는 다른 개에게 싸움을 걸 수 있는 절호의 기회였다. 우리는 아농이 다른 개에게 접근하지 못하도록 주의하면서 주위 개들과 일정한 거리를 유지했다.

이따금 아농이 다른 개를 향해 짖는 경우는 있었지만 그룹 레슨에 참가한 덕분에 우리도 아농에게 어떤 개가 괜찮고, 어떤 개가 맞지 않는지 차츰 알게 되었다.

맞지 않는 개뿐만 아니라 좋아하는 개가 있는 것도 알게 되었다. 특히 암컷 라브라도르 리트리버는 무척 좋아했다.

그렇게 다양한 개와 개 주인들과 얼굴을 마주할 때마다 친해지면서 애견 친구도 늘어났다.

개를 통해 세상이 넓어지고 있는 것을 실감하면서 일요일의 그룹 레슨은 나의 빼놓을 수 없는 일과가 되었다. 이 무렵부터 나는 개에 빠지게 되었다.

삶이란
단순한 것

아농이 오고 나서 좋은 의미로든 나쁜 의미로든 우리 가족의 생활 패턴이 바뀌었다.

인터폰이 울리면 쓸데없이 짖어대는 버릇만은 좀처럼 고쳐지지 않아서 인터폰을 없애버리고 싶을 정도였지만, 애견 친구가 늘어난 것은 물론 애완동물과 함께 숙박할 수 있는 아와지 섬의 펜션으로 가족 모두가 놀러 가고 산에도 가는 등 행동범위가 넓어졌다.

개의 세상에 한쪽 발을 들여놓고 나서 나에게는 해보고 싶은 것이 있었다.

그것은 바로 도그 스포츠.

언젠가 한 텔레비전 프로그램에서 개가 멋지게 프리스비를 캐치하는 모습을 보고 나는 도그 스포츠를 동경하게 되었다.

하지만 아농은 소형견이고, 공을 던져도 한두 번 하고 나면 싫증을 내며 쳐다보지도 않았다. 게다가 아농은 엄마의 껌딱지였다. 그래서 나는 도그 스포츠가 가능한 대형견을 갖고 싶다고 생각하게 되었다.

그룹 레슨을 마치고 돌아오는 길에 나는 용기를 내서 엄마와 상의해 보았다.

"도그 스포츠를 해보고 싶은데 아농으로는 무리일 것 같아. 그래서 대형견을 키우고 싶은데 안 될까?"

"두 마리나? 누가 돌보고? 큰 건 힘들어."

"한 마리나 두 마리나 똑같지 뭐."

"두 마리라…… 아농만 해도 힘든데."

엄마는 크게 반대하는 것은 아니었지만 그렇다고 고개를 끄덕이지도 않고 지금의 상태에서 더 힘들어지는 것을 두려워하고 있었다. 키울 수만 있다면 엄마도 키우고 싶었던 것 같다.

"라브라도르 같은 건 어떨까?"

고집이 센 나는 틈만 나면 엄마한테 압력을 가해보았다. 결국 엄마도 내 고집을 이기지 못하고 뜻을 굽히게 되었다.

"그럼, 아빠랑 아야한테 물어볼까?"

결국 두 번째로 입양할 개는 내가 맡아서 키우기로 하고, 교육이든 산책이든 제대로 시키겠다는 약속을 하고 나서 우리는 새 가족을 찾기로 했다.

견종은 엄마와 상의하여 암컷 라브라도르 리트리버로 정했다. 그룹 레슨 때 본 라브라도르가 붙임성이 좋고 운동능력도 뛰어났기 때문이다. 강아지 때부터 입양하여 키우는 것이 얼마나 어려운 일인지는 아농을 키우면서 뼈저리게 느꼈던 터라 우리는 새 주인을 찾고 있는 성견을 알아보기로 했다.

우리는 먼저 인터넷부터 뒤져보았다. 그런데 마침 암에 걸린 개 주인이 한 살짜리 초콜릿색의 암컷 라브라도르를 데려갈 사람을 찾고 있었다.

"엄마, 이 아이 어때?"

"초콜릿색이 희한하구나. 생김새도 귀엽고."

"그렇게 많이 큰 것 같지도 않고, 연락 한번 해볼까?"

그 주인은 라브라도르를 번식시키는 사람 같았다. 게다가 같은 간사이關西(오사카, 교토, 나라 등 서일본 지역) 지방이어서 얼른 전화를 걸어 개에 대해 상세히 알아보았다.

라브라도르치고는 몸집이 작고 얌전하고 부끄러움을 조금 타는 성격이라고 한다. 우리는 직접 만나보고 아농과 성격만 맞으면 바로 데려오기로 했다.

우리 집에서는 차로 두 시간 거리의 한적한 전원 풍경이 펼쳐지는 산간 시골 마을. 우리는 개 주인의 집 근처에 있는 공원에서 만나기로 했다.

공원에 가보니 주인 곁에서 열심히 땅 냄새를 맡고 있는 갈색의 개가 있었다.

너무 크지 않아서 우리 집에서도 괜찮을 것 같았다. 사람을 무서워하지도 않고 덤벼들지도 않는다.

주위 환경에 별로 신경 쓰지 않는 모습이 자기 주관이 강한 것 같았고, 아농과도 사이좋게 지낼 수 있을 것 같았다. 당연히 우리는 집으로 데리고 가기로 했다.

아농이 오고 나서 1년 8개월. 나는 고등학교 1학년이었다.

이름은 그 즉시 '사라'라고 지었다. 특별한 유래는 없다.

그런데 집에 도착하자마자 조금 이상하다는 생각이 들었다.

현관 앞에 있는 10센티미터 정도의 턱을 올라오지 못하는 것이었다. 턱 앞에서 갈팡질팡하고 있었다.

"겁먹지 마. 괜찮으니까."

내 말에도 사라는 한쪽 발을 올리자마자 금방 내려버렸다. 시간이 좀 걸려서 어찌어찌 올라올 수는 있었지만 나는 아무리 부끄러움을 탄다고 해도 좀 이상하다고 느꼈다.

집에 들어와서 자세히 살펴보니 역시 뭔가가 이상했다. 이빨을 보았는데 어금니가 치석이 잔뜩 끼어서 진한 갈색으로 변해 있었다. 게다가 꼬리 일부분의 털이 빠져 있었다.

한 살짜리의 이빨이 이렇게 더러운 것은 본 적이 없었다. 오히려 어떻게 하면 한 살짜리가 이렇게까지 더러울 수 있지? 하고 의아할 정도였다.

불길한 예감은 현실이 되었다.

며칠이 지나 학교에서 돌아와 보니 엄마가 흐느껴 울고 있었다. 수의사한테 사라의 건강 검진을 받으러 데리고 갔다 온 것 같았다. 도대체 무슨 일이지?

"사라가 약년성 백내장이란다."

"그게 뭐야? 무슨 병인데?"

"눈의 수정체가 탁해져서 잘 볼 수 없대."

"고칠 수 있는 거야?"

"이식하지 않는 한 고칠 수 없다는구나."

고등학생인 나는 들어본 적이 없는 병명이었지만, 갑작스러운 선고에 큰 충격을 받았다.

눈이 보이지 않는다는 말을 듣고 나니 그동안의 행동에 납득이 갔다.

"그래서 현관 턱을 올라오지 못했구나."

사라를 보니 거실에서 아농과 즐겁게 놀고 있었다.

즉각 전 주인에게 사라가 약년성 백내장에 걸렸다는 말을 전하자 사라를 돌려보내도 상관없다는 연락이 왔다.

전 주인이 사라의 병을 알고도 사라를 우리 집에 보냈는지 어땠는지는 모른다. 아니, 애초에 그 주인이 정말로 암에 걸렸는지, 우리가 받은 혈통서가 맞는지, 나이가 진짜 한 살인지, 몸이 작은 것은 밥을 제대로 주지 않았기 때문은 아닌지, 상황이 이렇게 되고 보니 모든 것이 의심스러웠다.

사라에게는 사람이나 개를 끌어당기는 무언가가 있었다. 성격은 온순하고, 누구한테나 사랑받는다는 말이 딱 들어맞는 개였다. 나도 엄마도 아농도 사라를 많이 좋아하고 있었다. 걱정스러운 요소가 있는 환경으로 돌려보낼 수는 없었다.

이렇게 사라는 우리 가족의 일원이 되었다.

사라의 눈이 전혀 볼 수 없는 것은 아니었다.

어느 정도의 빛은 들어오는 듯했고, 큰 것, 특히 움직이는 것에는 반응을 보였다. 그래서 현관의 턱도 익숙해지자 문제없이 넘나들 수 있게 되었다. 얼핏 보기에는 눈이 나빠 보이지는 않았다.

그러나 시련은 또다시 찾아왔다.

사라가 오고 나서 두 달쯤 흘렀을 때 수업을 마치고 집에 돌아와 보니 엄마가 또 울고 있었다.

"사라가 신부전에 걸렸는데, 요독증까지 와서 위험한 상태래."

"신부전? 요독증? 그게 뭔데? 그렇게 위험하대?"

증상이 나타나기 며칠 전부터 평소보다 얌전하다고 생각한 적은 있었다. 그러나 원래 얌전한 개였고, 그냥 조금 상태가 안 좋다고 느낀 정도였다.

병원에 데리고 가기 전날 밤에 멍하니 정신을 놓고 있어서 걱정했었는데, 다음 날 역시 엄마가 병원에 데리고 갔던 것이다.

사라는 즉시 입원했고, 엄마는 소변으로 배출되어야 하는 노폐물이 혈액에 쌓이는 요독증이 발병해서 목숨이 위험하다는 말을 들은 모양이다.

나도 사라를 만나러 가고 싶었지만 평일엔 학교에 가야 했기 때문에 주말밖에는 시간이 없었다. 사라가 외롭지 않도록 평일에는 매일 엄마가 병원에 가주었다.

"사라 상태는 어때?"

"점적 주사를 맞고 있는데 힘이 없는지 축 늘어져 있어."

제발, 잘 견뎌야 해. 입원하고 나서 너무나 길게 느껴지는 며칠 동안 난 불안에 떨면서 하루도 빼놓지 않고 기도했다.

그리고 기도의 효험이 있었는지, 사라는 조금씩 나을 조짐을 보이기 시작했다.

"한번 손상된 신장은 원래 상태로 회복되지 않으니 이대로 평생 약을 먹게 될 것입니다."

의사 선생님은 그렇게 말했다.

그래도 살아만 있어준다면.

사라는 2주일이나 입원해 있었다. 원래 작았던 몸은 점점 야위더니 더 작아졌다. 당분간은 처방 사료와 매 식후 약. 집에서는 소변의 pH를 측정하여 문제가 없는지 확인했다. 그런데 처방 사료가 맛이 없는지 먹는 것을 무척이나 좋아하던 사라도 좀처럼 먹지 않았다.

"맛은 없겠지만 먹어야 해."

안쓰러움을 느끼면서 사라 앞으로 식기를 밀어주었다.

그러다 한 달에 두 번 애견보호단체에서 기공치료사가 개에게 기공치료를 해주고 있다는 정보를 듣고 우리는 사라가 조금이라도 호전되기를 바라는 심정으로 기공치료사에게 데리고 갔다.

"사라야, 기분 좋니?"

몸이 따뜻해지는지 시술을 받을 때면 사라는 기분 좋은 표정으로 잤다.

우리가 할 수 있는 선에서는 최선을 다해 해본 덕분인지 사라는 점점 건강을 되찾았다. 아니, 건강을 되찾았을 뿐만 아니라 이전보다 더 건강해져갔다.

전보다 훨씬 더 풍요로워진 표정으로 집에서 아농과 뛰어다니며 노는 모습을 보면 도저히 병에 걸렸던 개라고는 생각할 수 없었다.

"아농, 집 안에서 자꾸 사라를 부추기면 안 돼."

"사라, 책상에 부딪히니까 흥분하지 마. 위험해!"

이런 말을 사라에게 하게 되다니 나로서는 상상도 할 수 없는 일이었다.

사라는 한번 흥분이라는 스위치가 켜지게 되면 말로는 제어하지 못한다. 손으로 잡고 움직이지 못하게 한 뒤 진정되기를 기다린다. 너무 건강해진 나머지 엄마는 조금씩 약의 양을 줄여갔다. 그래도 소변 검사의 결과는 이상이 없었다. 최종적으로는 약이 필요 없는 상태까지 호전되었다. 그 모습을 보고 의사 선생님도 "이렇게 회복된 개는 본 적이 없다."며 놀라워했다.

변화는 그뿐만이 아니었다.

아농과 사라를 데리고 엄마와 공원으로 놀러 갔을 때의 일이다. 나는 문득 이 공원의 넓이라면 사라도 달릴 수 있을지 모른다고 직감적으로 생각했다. 그때까지는 눈이 나빠서 걷는 모습밖에 본 적이 없었다.

"사라, 잠깐 달려볼까?"

사라와 걷는 속도를 서서히 올려보았다.

"사라야, 따라와! 따라와!"

사라 앞에서 잔달음질을 치며 목소리에 힘을 주어 말했다.

그러자 사라도 그 목소리에 끌려오듯 천천히 속도를 올리기 시작했다.

나는 목소리를 더 크게 했다. 그러자 어색하긴 하지만 사라의 몸이 아래위로 천천히 흔들리기 시작했다.

"사라가 달리고 있어!"

폼은 엉성하지만 지면에서 발이 떨어지며 확실하게 달리고 있었다.

할 수 있는 것이 하나 더 늘어나며 사라의 세상이 넓어진 듯한 기분이 들었다. 할 수 없을 것이라고 멋대로 단정지어버린 일을 할 수 있게 된 것이다.

사라에게 있어서 달린다는 것은 정말로 큰 용기가 필요한 일이었지 싶다. 의지할 것이라고는 사람의 목소리와 냄새뿐. 내 목소리를 믿어주었다. 너무나 어렵게 우리 개가 되어주었던 것이다. 나는 진심으로 기쁨을 맛보았다.

처음 약년성 백내장이라는 말을 들었을 때는 솔직히 마음의 정리가 되지 않았다.

'이 아이는 평생 공놀이도 하지 못하고 추격놀이도 하지 못하겠지?'

그런 상상만이 떠올라서 사라가 너무나 가여웠다.

하지만 그 생각은 착각이었다. 사라는 공을 쫓아가진 못해도 다른 개보다 더 발달된 후각으로 공을 찾아서 의기양양한 표정을 짓곤 했다.

사라는 사라 나름대로 살고 있었다.

개는 참 대단하다. 사람과 달리 남을 부러워하지도 않고, 자신의 처지를 비관하지도 않는다. 매우 단순하다. 사라에게서는 강한 생명력을 배웠다.

"네가 우리한테 온 게 정말 다행인 줄 알아! 아농도 있고, 달릴 수 있게 되었고. 거기에 계속 있었으면 죽었을 녀석이 말이야."

언제부턴가 그런 농담도 할 수 있게 되었다.

그러나 내가 하고 싶었던 도그 스포츠는 할 수 없었다. 역시 난 개와 프리스비를 해보고 싶었다.

첫 번째
나의 개

'세 마리째'라는 생각이 머리를 스쳤다.

사라가 아농과 사이좋게 놀아주었기 때문에 두 마리를 키우게 된 것이 오히려 편해진 부분도 있었다.

그러나 한 마리에서 두 마리로 늘어나는 것과 두 마리에서 세 마리로 늘어나는 것은 크게 다르다. 두 마리면 한 번에 데리고 갈 수 있는 산책도 세 마리로 늘어나면 두 번으로 나눠서 데리고 가야 된다. 게다가 식비도 늘어난다. 고민이 엄청나게 되었다.

하지만 밤이 되자 나는 어떤 견종이 좋을지 인터넷을 뒤지고 있었다. 반대할 것이 불을 보듯 뻔하니 엄마한테는 아직 말할 수 없었다.

조건은 검고 짧은 털을 가진 양치기 개.

나 스스로도 용케 싫증내지 않는다고 생각할 정도로 매일 인터넷을 뒤졌다. 한때 개를 만지지도 못하고, 개를 키우는 데 그 누구보다도 반대하던 나는 도대체 어디로 가 버린 것일까?

세 번째 개를 입양하기로 결정된 것은 아니었지만 내 마음속에서는 이미 그러기로 정해놓고 있었다. 어쨌든 아농은 엄마 개이고, 사라도 평소에 정성스레 보살펴주는 엄마를 더 잘 따랐다.

'그래, 역시 난 내 개를 갖고 싶어.'

인내심을 갖고 찾아보는 동안 나는 마침내 내 바람에 딱 들어맞는 견종을 발견했다.

뉴질랜드 헌터웨이.

털이 짧고 색깔은 검정색과 갈색, 크기는 라브라도르 리트리버보다 한 배 더 큰 정도. 뉴질랜드에서 활약하는 양치기 개로 처음 듣는 이름이었다.

그 개를 처음 본 순간 '이 개가 좋다!'고 단박에 느낌이 왔다. 내 바람에 딱 들어맞았다.

이제부터는 강아지 찾기. 애완동물가게에는 아직 없는 희귀종이었다. 일본에서는 주로 목장에서 시프도그(양치기 개) 쇼를 하기 위해 키우고 있는 것 같았다. 따라서 목장의 번식 정보를 찾아보는 수밖에 없었지만 그런 정보는 거의 찾을 수 없는 것이나 마찬가지였다.

그런데 우연은 겹쳐서 일어나는가 보다. 여기저기 수소문해가며 계속해서 찾다가 인터넷에 "강아지가 태어났습니다."라는 글이 올라온 것을 발견한 것이었다. 이때만큼은 나도 운명이라는 것을 느꼈다.

목장이 아니라 지바 현의 개인 집에서 키우고 있는 개였는데 이번에 작은 헌터웨이 강아지를 세 마리나 낳았다고 한다.

'이건 무조건 연락해봐야 돼.'

가족의 허락은 아직 받지 못했지만 우선은 관심이 있다는 뜻만은 전하기로 했다.

답변은 "가족부터 설득해주세요."였다. 매우 따뜻한 마음씨를 가진 부부 같았다. 이제는 무슨 일이 있어도 가족을 설득할 수밖에 없었다.

아빠와 여동생은 개를 키우는 일에서는 완전히 손을 놓고 있었기 때문에 딱히 반대할 것 같지는 않았다. 따라서 엄마의 허락만 받으면 되는 것이었다.

"엄마, 이 견종 어때? 같이 놀 수 있을 것 같고, 털도 짧아."

우선은 가볍게 툭 던져보았다.

"또 큰 개니? 정말로 키울 생각이긴 해?"

엄마는 조금 어이가 없다는 목소리로 말했다.

즉각 반대할 줄 알았는데, 의외로 좋다고도 안 된다고도 하지 않았다. 내가 반대해봐야 포기할 성격이 아니라는 것을 알고 있었기 때문인지도 모른다.

"양치기 개니까 도그 스포츠도 할 수 있을 것 같고. 두 마리나 세 마리나 같이 있으면 똑같은걸 뭐."

나는 엄마에게 어필해보았다.

"그렇긴 하지만. 음……."

"내가 잘 돌볼게. 개한테 드는 비용도 좀 부담하고. 그냥 엄마는 아침 산책만 시켜줘."

이렇게만 말하고 반 강제로 집에 데려오기로 했다.

강아지는 세 마리 중에서 두 마리는 암컷, 한 마리는 수컷이었다. 아농은 수컷과 성격이 맞지 않아서 두 마리의 암컷 중 색깔이 비교적 검고 얌전해 보이는 강아지를 데려오게 되었다.

그 강아지가 바로 다이너다. 그날부터 나는 다이너가 성장하는 모습을 낙으로 삼으며 매일 강아지 사진을 들여다보았다.

2002년 8월, 내가 고등학교 2학년일 때 다이너가 우리에게 왔다.

설레는 마음을 진정시키면서 나는 엄마와 오사카 국제공항으로 다이너를 마중하러 갔다. 처음 타보는 비행기에 처음 오게 된 장소에서 다이너는 긴장했는지 꼼짝도 하지 않고 있었다. 대형견답게 강아지인데도 덩치가 컸다.

집에 데리고 와서 드디어 아농과 다이너, 그리고 사라와 다이너가 첫 대면을 했다.

"새 가족이야! 사이좋게 지내."

아농과 사라는 호기심어린 표정으로 바라보았지만, 딱히 거부감은 나타내지 않았다. 아니 오히려 사라가 먼저 꼬리를 흔들며 같이 놀자고 꼬드기는 모습을 보이자 일단은 마음이 놓였다.

더 이상 아농 때처럼 실패하는 일은 없을 것이다.

이미 아농과 사라를 훈련 교실에 데리고 다니면서 도그 트레이닝을 얼추 해본 터라 눈 맞추기나 불러서 돌아오게 하기 등의 기본적인 교육 방법은 알고 있었다.

휴일에는 강아지만 모이는 퍼피 교실에 데리고 가서 다른 개와 사람 등 다양한 환경에 익숙해지도록 도와줬다. 다이너는 다른 강아지와 놀고 싶은데 어떻게 표현해야 하는지 몰라서 그저 짖기만 하면서 다른 강아지들의 뒤를 졸졸 따라다니는 어수룩한 개였다. 그런 점이 귀엽기도 했다.

다소 주눅 든 모습을 보이기는 했지만 익숙해지자 응석을 부리면서 사람을 매우 좋아하는 밝은 개다. 강아지 시절에는 호기심이 왕성해서 가만히 있지를 못했다. 원통에 기어 올라가서 탈주를 시도했고, 그때마다 원통의 높이는 높아졌다.

양치기 개답게 집중력도 좋았다. 이렇게 습득력이 좋은 개는 본 적이 없었다. 아농과는 또 다른 똑똑함이었다. 아농은 약삭빠르고, 다이너는 솔직했다.

세 마리의 관계는 지극히 양호했다. 아농도 여동생이 생긴 것처럼 언니 노릇을 제대로 했다. 다이너가 심하게 장난치면 반드시 화를 내면서 교육시켰다.

언젠가 세 마리를 도그 런(애견 공원)에 데리고 간 적이 있었다. 그때 조금 사나워 보이는 개가 사라와 놀려고 접근하자 아농이 저리 꺼지라고 말하듯이 "멍, 멍," 짖었다. 다이너도 아농을 따라 그 뒤에서 짖으며 둘이 함께 그 개를 쫓아버리고 사라를 지켜주었다.

밖에서는 보호를 받는 사라이지만 집에서는 전혀 다른 얼굴이 된다. 우리 집에서는 '숨은 보스'로 불리고 있다.

평소, 애견용 매트는 석 장을 따로따로 깔아놓는데 사라는 그날그날 자는 위치에 구애를 받는지, 자기가 자려고 하는 자리에 아농이 누워 있으면 다른 매트가 비어 있어도 굳이 누워 있는 아농 앞에 앉아서 비키라고 짖어댔다. 사라는 좀처럼 단념하지 않는 성격인지라 이럴 때면 아농이 황급히 자리를 양보한다. 다이너도 마찬가지로 양보한다.

"아, 또 시작되었네."

도그 런에서 마음껏 뛰어노는 사라, 두 살.

"사람이든 개든 모두 사라에겐 정말 약해."

우리는 이런 말을 하며 웃었다.

전에는 사라에게서 이런 행동을 볼 수 없었다. 이것이 사라의 본성인가 보다.

좋아하는 일에
몰두한 나날

다이너는 다행히도 내가 하고 싶어 하던 프리스비에 관심을 나타내주었다. 역시 양치기 개였다. 가르쳐주지 않아도 뭔가를 쫓아가는 것을 무척 좋아했다.

"어쩌면 할 수 있을지도 몰라."

단 한 가지 문제가 있었다. 관심을 가져준 것은 다행이지만 가르치는 방법을 몰랐다. 프리스비를 하고 싶었는데 그에 관한 정보는 전혀 알지 못했다. 프리스비를 가르쳐주는 곳도 없었다. 인터넷에서 여러 정보를 조사하여 적어둔 것을 직접 해보는 수밖에 없었다.

인터넷을 통해 알아낸 것은 우선 프리스비에 익숙해지게 해야 한다는 것이었다. 이것은 이미 관심을 갖고 있으니까 괜찮을 것 같았다.

다음으로 '캐치'를 가르쳤다.

"다이너, 캐치!"

그 신호와 함께 손에 들고 있는 프리스비를 다이너에게 물게 했다. 이 것도 문제가 없어 보였다.

그리고 서서히 손에서 놓은 프리스비를 캐치하게 했다. 10센티미터 위로 던진 프리스비를 캐치. 이것이 가능해지자 20센티미터로 늘렸다. 좌우로 조금씩 방향을 바꿔서 던져도 다이너는 멋지게 캐치했다. 의외 로 전부 수월하게 해냈다.

"다이너 대단해! 너, 소질이 있구나?"

나는 완전히 딸 바보였다.

'조금만 더 연습하면 프리스비 도그 대회의 하위 그룹에는 나갈 수 있 을지도 몰라.'

나는 그 무렵부터 대회에 나가보고 싶다고 생각하게 되었다.

다이너가 캐치할 수 있는 거리를 서서히 늘려가고 싶었지만, 내 기술 이 따라가질 못했다. 프리스비는 개가 숙달되고 나면 그 다음은 사람이 프리스비를 던지는 방법에 달려 있다.

당시의 나는 요령도 모르고 내 식대로만 던지고 있어서 간신히 30미 터에 도달하는 정도였다. 게다가 프리스비는 오른쪽으로, 왼쪽으로 날 며 바람에 흔들렸다. 그래서 나는 학교에서 일찍 올 수 있는 날에는 다이너를 데리고 강변공원으로 가서 오로지 던지기 연습만 되풀이했다.

그것에 맞춰 다이너도 1미터, 5미터, 10미터로 쭉쭉 거리를 늘려가며 멋지게 캐치할 수 있게 되었다. 다이너는 내가 엉터리로 던진 프리스비도 캐치해주었다. 이렇게 개는 소질이 있는데……

"다이너 미안. 왼쪽으로 날아가 버렸어."

공원에서 개에게 사과하고 있는 모습은 왠지 우스꽝스러웠다.

프리스비 도그 대회에 나갈 기회는 갑작스럽게 찾아왔다. 적절한 타이밍에 집에서 가까운 곳에서 개최된다는 것을 알게 되었던 것이다.

참가는 물론 보는 것 자체가 처음인 대회였기 때문에 우선은 프리스비를 캐치하지 않아도 가지고 돌아오기만 하면 점수를 주는 맨 아래 단계인 리트리브retrieve 대회에 참가해보기로 했다.

대회장에 도착해보니 광장 안에 경기장이 있고, 그 주변으로 많은 텐트가 에워싸고 있었다.

"어? 잘못 왔나?"

나는 당황해서 엄마한테 확인해보았다.

도그 대회인데 웬 텐트? 처음 보는 사람에겐 참으로 이상한 광경이었다. 베테랑으로 보이는 사람의 텐트에는 레인커버에 차광막까지 완벽하게 갖춰져 있었다.

나는 또 상위 그룹에 출전한 사람들이 프리스비를 던지는 모습을 보고 한 번 더 놀랐다. 남성이든 여성이든 힘들이지 않고 40미터를 정확하게 던지고 있었다. 젖 먹던 힘까지 다해서 겨우 30미터를 던지는 나와는 수준 자체가 달랐다.

"난 아직 멀었구나……."

분한 마음을 애써 감췄다.

다이너는 프리스비를 제대로 캐치해서 갖고 돌아와줄까? 두려워하지는 않을까?

걱정했지만 다이너는 평소와 다름없이 침착했다. 결과는 예상대로 만족스럽지 못했지만 경기장 내에서 프리스비를 쫓아가 가지고 돌아오는 일련의 과정들을 직접 해볼 수 있었다는 것과 긴장된 마음을 안고 처음으로 경기장에 설 수 있었다는 것은 좋은 경험이 되었다.

그런데 문제는 나한테 있었다.

"던지는 방법이 완전히 잘못되었어. 다이너는 잘하고 있는데 사람이 문제더라."

엄마한테조차 지적을 받았다. 그건 나도 이미 알고 있어요.

그날부터 내 방식대로 던지는 것을 포기하고 동영상 사이트 등에 프리스비를 던지는 방법이 올라와 있는 것을 눈여겨보고 나서 우선은 올바른 자세를 의식하면서 5미터, 10미터로 목표에 집중하며 연습했다.

공원에는 얼마나 자주 가서 연습을 했는지 공원에서 살고 있는 노숙자 아저씨와도 친구가 될 정도였다.

"오늘도 열심이구나."

그는 나를 보면 항상 말을 걸어주었다.

연습한 성과도 있었다. 최고 30미터였던 것이 어느새 50미터 부근까지 날아가게 되었다. 대회 출전 경험을 조금만 더 쌓으면 좀 더 높은 그룹에 출전할 수 있는 날도 의외로 빨리 찾아올지 모른다.

대회에 나가면 헌터웨이라는 견종이 드물어서 다양한 분들이 말을 걸어주었다. 다이너가 맺어준 인연이었다. 이렇게 애견 친구도 더욱 늘어났다.

고등학교 3학년 때, 그러니까 다이너가 한 살 6개월일 때 나는 프리스비에 완전히 빠져 있었다.

1년에 한 번 프리스비 도그 일본 최강자 결정전이 열리는데, 참가 자격은 1년 동안 획득한 포인트에 의해 결정된다. 나도 여성 그룹에서 상위권에 들어가 그 대회에 참가하는 것을 목표로 잡았다. 엄마를 꼬드겨서 매일 좋아하는 일에 몰두했다.

프리스비의 매력은 개와 노는 것뿐만이 아니다.

대회장에는 각지에서 사람들이 모여든다. 출전 시간 외에는 거의가 자유 시간이다. 프리스비 경기에 참가하는 연령층은 40~50대의 아저씨, 아줌마가 대부분인데 텐트에 놀러 가면 개와 관련된 이야기로 꽃을 피운다. 또 다른 텐트를 방문하여 수다를 떤다. 대화 내용도 프리스비나 개와 관련된 이야기뿐이다. 같은 취미를 갖고 있는 사람들이라 이야기가 끝이 없다.

"아이코, 오늘은 던지는 게 왜 그래? 그렇게 던지면 개만 불쌍해."

"좀 더 거리를 늘려야 돼."

이런 주의를 듣기도 했다.

"개의 위치를 확인하면서 던지는 게 좋아."

"나이스 플레이, 오늘은 잘했어."

프리스비 도그에 대해 모두가 진지하면서 열성적으로 이야기를 나누는 모습이 재미있었다.

다이너는 캐치는 서툴렀지만 발이 빨라서 내가 잘못 던진 프리스비도 빠른 발로 커버해주었다. 잘 맞는 콤비였다고 생각한다. 프리스비를 능숙하게 캐치할 수 있었을 때는 입상도 했고, 한 번은 우승한 적도 있었다. 이런 경험을 할 수 있었던 것도 다이너 덕분이었다.

나는 이렇게 엄마와 함께 다이너와 프리스비를 즐기는 날들이 영원히 지속될 줄 알았다.

2

그날
일어난 일

9시
18분

2005년, 고등학교를 졸업한 나는 프리스비 도그에 푹 빠져 있는 도시샤 대학 2학년이 되어 있었다.

4월 25일, 그날은 화창한 날씨 덕분에 기분 좋은 아침이었다.

수업은 주로 오후에 몰려 있었는데, 일주일 중 유일하게 월요일만 오전 수업을 들었다.

학교까지는 열차로 편도 두 시간이 걸렸다. 가장 가까운 역에서 한큐 다카라즈카 선으로 가와니시 노세구치 역까지 간 다음 도보로 10분 걸어서 JR 가와니시 이케다 역의 후쿠치야마 선으로 갈아탄다. 그리고 도시샤마에 역(도시샤 대학 교타나베 캠퍼스에서 가장 가까운 역)에서 내리는 것이 평소의 코스.

아침잠이 많은 편이라 일어나는 시간은 늘 아슬아슬했다. 집에서 나오는 시간도 열차 시간에 맞추느라 1초를 다퉜다.

그날도 다른 때와 마찬가지로 8시 10분쯤에 잠이 깼다. 8시 30분까지 집을 나서지 않으면 10시 30분 수업에 맞출 수 없다.

발밑에서 자고 있는 사라를 뛰어넘어 욕실로 갔다. 양치질을 하고 옷을 갈아입고, 얼추 외출 채비를 했다. 아침밥을 먹을 시간은 없었다.

"아침 먹고 가야지?"

"시간이 없어서 오늘은 그냥 갈래."

"그럼, 이거라도 갖고 가. 외할머니가 카스텔라 주셨다."

엄마가 외할머니한테 받은 조금은 고급스러워 보이는 개별 포장의 카스텔라를 쥐어주었다.

가장 가까운 역의 열차 출발 시간까지는 앞으로 8분. 그 열차를 타지 못하면 지각이었다.

"다녀오겠습니다."

툭 내뱉고 자전거에 올라 필사적으로 페달을 밟았다. 자전거 주차장에서 역까지 전력으로 달려가 탑승 완료.

늘 있는 일이었다.

빠듯하게 집에서 나와 막 출발하려는 열차에 아슬아슬하게 타는 것이 꼭 시간과 승부를 겨루는 것 같아서 일종의 쾌감마저 느꼈다.

"좋아, 오늘도 늦지 않았어."

엄마는 나중에 그때 카스텔라를 주지 않고 아침밥을 먹여서 보낼 걸 그랬다며 몹시 후회했다고 말했다.

사고는 아무런 예고도 없이 갑자기 찾아왔다.

내 머릿속에는 단편적인 영상으로만 남아 있다. 아마 앞으로도 그 기억이 내 머릿속에서 사라질 일은 없을 것이다.

가장 가까운 역의 열차 시간에만 맞추면 그 이후로는 가와니시 노토구치 역에서 갈아타고 정해진 시간에 학교에 도착할 수 있다. 도시샤마에 역은 1번 객차가 개찰구와 가장 가깝다.

그날도 가와니시 이케다 역에서 1번 객차의 앞에서 세 번째 문에 해당하는 곳에 서서 열차가 오기를 기다리고 있었다. 그곳에는 이미 몇 명이 줄을 서 있었다.

잠시 후 열차가 플랫폼에 들어왔다. 이때 시간표보다 조금 늦게 도착한 것 같았지만 별로 개의치 않았다. 이 시간은 러시아워 때만큼은 아니지만 늘 혼잡한 시간대여서 빈자리조차 없다.

열차에 타자 차량의 앞쪽으로 향하도록 왼쪽으로 가서 열차의 진행 방향을 향해 오른쪽에 있는 손잡이를 잡고 섰다. 원래 손잡이를 잡는 것은 별로 좋아하지 않았기 때문에 꽉 잡지는 않고 가볍게 잡고 있었다.

도시샤마에 역까지는 1시간 10분. 계속 서 있는 것은 학생이라 해도 힘들다. 내리는 사람이 어느 정도 예상되는 아마가사키 역에서 내릴 것 같은 회사원을 찍어서 매번 그 앞에 서 있곤 했다.

열차가 가와니시 이케다 역을 출발했다. 다음 정차 역은 이타미 역. 여느 때와 마찬가지로 학생과 회사원 들로 북적이는 열차 안. 열차가 달리는 소리만이 크게 들렸다.

아침부터 정신없던 마음이 열차에 타고 나니 진정되었다. 나는 '겨우 한숨 돌리는구나.' 하고 멍하니 창밖을 바라보며 서 있었다.

잠시 후 이타미 역에 서야 할 열차가 역을 통과할 기세로 플랫폼에 진입했다.

'어? 브레이크를 늦게 밟았나? 그냥 통과하려고? 하지만 다음에 정차할 역은 이타미라고 분명히 방송한 것 같은데……'

주위를 두리번거리고 있는데 열차가 속도를 줄이기 시작했다.

'이러면 역을 지나가서 설 텐데. 어쩌려고 이러지?'

아니나 다를까 열차는 상당한 거리를 지나가서 멈춰 섰다.

그때까지 1미터 정도의 후진은 한두 번 경험해본 적이 있었지만 내가 타고 있던 1번 객차는 이타미 역의 플랫폼에서 완전히 벗어나 있었다. 이런 거리를 후진하는 일은 처음이었다.

하지만 그때는 정차할 조짐을 전혀 느낄 수 없는 속도였기 때문에 단순히 '멈추는 걸 잊어버릴 수도 있지.'라고 생각했다.

열차를 플랫폼까지 후진시켜서 정차. 이 시점에서 이미 몇 분은 늦은 것이 명백했다. 그러나 이 열차에서 내리겠다는 생각은 털끝만큼도 하지 않았다. 이때 한 여성이 혼자 내린 것은 기억이 난다. 훗날 나는 그녀가 억세게 운이 좋은 사람이라고 생각했다.

열차가 오버런한 이후에도 나는 아무런 위화감도 느끼지 않고 여전히 창밖을 멍하니 바라보고 있었다. 그리고 운명의 시간이 다가왔다.

9시 18분.

곡선 구간으로 접어드는 순간 차량의 오른쪽이 갑자기 붕 떴다.

'위험해! 넘어간다!'

그렇게 생각했을 때 열차 안에서 사람들이 지르는 비명소리가 들렸다.

잡고 있던 손잡이를 다시 꽉 쥐려고 해봤지만 도저히 타이밍이 맞지 않았다. 또 가볍게 쥔 손으로 버텨낼 수 있는 원심력도 아니었다. 나는 순식간에 차량의 왼쪽 전방으로 날아가 벽에 부딪혔다.

"쿵!"

충격음으로 열차가 전복되었다는 것을 알았다.

"끼끼끼끼……."

열차가 질질 끌려가고 있는 진동이 느껴지며 귀를 찢는 듯한 소리가 들렸다.

'빨리 멈춰!'

나는 기도밖에 할 수 있는 것이 없었다.

몸이 날아간 순간부터 눈을 감고 있었기 때문에 열차 안의 상황이 어떻게 되었는지는 모른다.

열차가 실제로 끌려간 시간은 그리 길지 않았던 것 같은데 느낌으로는 정말로 길게 느껴졌다.

마침내 소리가 나지 않으면서 열차가 멈췄다는 것을 알았다. 방금 전까지만 해도 고막을 찢어놓을 것 같던 굉음이 돌변하여 주위는 숨 막히는 정적에 휩싸였다.

천천히 눈을 떴다. 의식은 있었다.

우선은 살아 있었다.

주위가 캄캄했다. 뒤틀린 창틀과 깨진 유리, 아래쪽에서 스며들어오는 희미한 불빛밖에 보이지 않았다. 휘어진 차량의 일부가 내 눈앞까지 다가와 있었다. 흡사 전쟁터에 뚝 떨어진 듯한 광경이었다.

순간 내가 처해 있는 상황이 이해되며 심장 박동이 커졌다.

'빨리 여기에서 나가야 돼.'

그렇게 생각하고 몸을 움직이려고 했지만 힘이 전혀 들어가지 않았다. 온몸의 힘을 모아 기합 소리와 함께 몸을 일으키려고도 해봤지만 뭣때문인지 몸은 움직여주지 않았다. 얼굴도 움직일 수 없었다. 내 몸이 어느 방향을 향하고 있고, 아래위가 어느 쪽인지조차 가늠할 수 없었다. 주위의 정적에 마음은 더욱 초조해졌다.

'몸이 뭔가에 끼여서 움직일 수 없나 봐. 이대로 있으면 위험해.'

'다른 사람들은 어떻게 됐을까? 누구 살아 있는 사람 있으면 나 좀 구해줘요.'

다쳐서 피를 흘리고 있는 것은 아닌지, 내장 기관에는 문제가 없는지, 몸이 뭔가에 찔리지는 않았는지, 그런 불안만이 온몸을 감쌌다. 느껴지는 것은 유리 조각 같은 것이 머리에 박혀 있는 듯한 느낌뿐이었다. 이상하게 몸에는 통증이 없었다. 느끼지 못하니까 무슨 일이 일어났는지도 모르고, 정체를 알 수 없는 공포만이 엄습했다.

'의식을 잃으면 끝장일지도 몰라.'

나는 의외로 냉정했다.

아래쪽에서 스며들어오는 빛이 보이고, 좌반신에 열차의 벽이 가하는 압력이 느껴지는 것으로 보아 필시 나는 왼쪽 아래를 향해 쓰러져 있는 것 같았다. 주변에 어지럽게 널려 있는 잡동사니 등에 가려 주위 상황은 전혀 보이지 않았다.

'아직 살아 있을 때 가족한테 연락해야 해.'

휴대전화기를 꺼내고 싶었지만 가방도 어딘가로 날아가 버리고 없었다. 뭔가를 하려고 해도 움직일 수 없었기 때문에 그저 구조의 손길을 기다릴 수밖에 없었다.

'어서 나 좀 구해줘…….'

나에겐 이제 기도하는 것밖에는 할 수 있는 것이 없었다.

내 뒤쪽에 있던 사람들은 움직일 수 있는지 멀리서 그들의 대화 소리만이 들렸다. 숨 막힐 듯한 정적에 휩싸인 열차 안에서 낮게 울리는 사람들의 목소리.

"괜찮아? 큰일 났어."

"다친 데 없어? 움직일 수 있어?"

"팔을 다친 것 같은데 움직일 수는 있는 것 같아."

남자들 몇 명이 이야기를 나누고 있었다.

"여기 조그만 틈이 있어."

"그래? 밖으로 나갈 수 있을 것 같아?"

"겨우 나갈 수 있을 것 같아."

"누가 구조대 좀 불러와."

차량에 작은 틈이 있는지 누군가가 그 틈으로 나가 구조대를 부르러 가는 것 같았다.

또다시 주위는 정적에 휩싸였다. 그 정적이 시간의 흐름을 더디게 했다.

이따금 들려오는 것은 여자의 비명소리.

상황을 전혀 알 수 없었던 나는 갑자기 불길한 고독에 휩싸였다. 지금은 의식이 있지만 언제 의식을 잃을지 모른다. 죽는다고 생각하니 괴로움은 극에 달했다.

"거기 누구 없어요?"

혼신의 힘을 다해 불러보았다.

그러자 멀리서 남자인 것 같은 목소리가 들렸다.

"여기 있습니다!"

더 이상의 대화는 나눌 수 없었지만, 사람의 목소리를 들은 것만으로도 마음이 조금 진정되었다.

이때 나는 또 다른 공포를 느끼고 있었다. 휘발유로 여겨지는 기름 냄새가 주위를 떠다니고 있었다. 내 얼굴은 아래쪽을 향하고 있었기 때문에 냄새가 더 심했다.

'불이 붙으면 어떡하지? 산 채로 불에 타 죽고 싶진 않아.'

죽음에 대한 공포로 울고 싶을 지경이었다. 냄새는 점점 더 심해졌다. 생각하지 않으려고 해도 나도 모르게 불이 났을 때를 상상하고 만다. 가슴이 칼에 찔리는 것 같았다.

한시라도 빨리 여기에서 나가고 싶었다. 하지만 움직일 수 없었다. 마음만 초조할 뿐이었다.

'이대로 가족도 친구도 개도 보지 못하고 죽으면 어쩌지? 다시 살아서

이야기하고 싶어.'

불안이 반복해서 밀려왔다. 그때마다 "침착하자. 침착하자." 하고 나 스스로에게 들려주었다.

내 바로 뒤에는 여자가 쓰러져 있는 듯했다.

그녀도 어떻게든 움직여보려고 바르작거리고 있었다. 그때마다 내 머리에 진동이 울렸다. 유리 조각이 더 깊이 파고드는 듯하더니 머리에 가벼운 통증이 느껴졌다.

"이런 곳에서 죽고 싶지 않아."

"아직 하고 싶은 일이 산더미 같은데……."

내가 처한 상황만으로도 힘에 겨운데 뒤에서 들려오는 여자의 나약한 목소리에 가까스로 버티고 있던 감정이 와르르 무너져 내리는 것 같았다.

잠시 후 멀리서 사이렌 소리가 다가왔다.

'드디어 경찰이 왔구나! 이제 곧 나갈 수 있을 거야! 서둘러!'

뒤에 있는 여자는 계속 울고 있었다. 간신히 부여잡고 있던 마음이 풀어져버릴 것 같아서 나는 여자에게 말했다.

"금방 구하러 올 거예요! 힘내세요!"

울고 싶은 것은 나도 마찬가지였다.

따뜻하고 파란 하늘과
고마운 사람들

시간이 얼마나 흘렀는지는 모른다.

필시 20분 정도였지 싶은데 느낌으로는 그보다 수십 배는 길었다.

'도대체 1번 객차엔 언제쯤 올 수 있을까? 다른 사람들을 구하느라 여기까진 쉽게 손을 쓸 수 없을지도 몰라.'

이따금 들려오는 비명소리와 기름 냄새에 심장이 쿵쾅쿵쾅 뛰었다.

'제발 불만 나지 마.'

나는 몇 번이고 기도했다.

그때 작은 틈새에서 사람들의 목소리가 들렸다. 마침내 구조대가 1번 객차에 도착한 모양이다. 확실히 알아들을 수는 없었지만 어떻게 구출할지 의논하고 있는 것 같았다.

"저희들과 가까운 쪽부터 차례대로 구출하겠습니다."

"이제 금방 구조될 겁니다!"

구조대원의 목소리에 긴장되어 있던 마음이 풀렸다. 이런 상황에서 구조대원의 존재는 말로는 어떻게 표현할 수 없을 정도로 컸다.

구조대원 한 명이 열차 안으로 들어왔다. 그 뒤에서 다른 구조대원의 목소리가 들렸다. 틈에서 가까운 곳에 쓰러져 있는 사람부터 한 명씩 차량 밖으로 나갔다. 내 뒤에서 울고 있던 여자도 곧 구조되었다. 그러자 머리에 느껴지던 통증이 사라졌다.

"괜찮습니까? 들어 올리겠습니다."

몸이 끼어 있는데 쉽게 빼낼 수 있을까? 나는 불안했지만 내 몸은 의외로 쉽게 들어 올려졌다. 어디에도 끼어 있지 않고, 그저 움직일 수 없었던 것이다.

구조대원의 탄탄한 팔에 안겨 옮겨졌다.

서서히 시계가 밝아진다. 그리고 하늘이 보였다!

"살았어……."

어깨의 힘이 쭉 빠졌다. 파란 하늘이 이때까지 격렬하게 요동치고 있던 마음을 진정시켜주었다.

그 순간 "하아……." 하고 내쉰 큰 한숨과 함께 방금 전까지 비명과 기름 냄새에 들러붙어 따라다니던 죽음의 공포가 사라졌다. 커다란 힘으로 나를 안아준 그때의 하늘을 나는 결코 잊을 수 없을 것이다.

나를 구해준 구조대원의 품에서 벗어난 나는 불이 났을 때 물 양동이를 손에서 손으로 옮기듯이 이 사람의 손에서 저 사람의 손으로 옮겨졌다. 그리고 주차장으로 보이는, 지붕이 있는 건물 아래에 눕혀졌다. 몸을 움직이지 못해서 주위를 둘러볼 수도 없었지만, 주위에 부상자와 움직일 수 있는 사람이 뒤섞여 있다는 것은 목소리로 알 수 있었다.

내 주변에도 몇 명이 누워 있었다. 그들이 살아 있는지 죽었는지는 모른다. 인근에 사는 것으로 보이는 사람들 네댓 명이 내 상태를 살피러 왔다.

"어디 아프지는 않아요?"

"물 좀 마실래요?"

"수건 필요하지 않아요?"

모자를 쓴 아저씨와 중년의 여자가 말을 걸어주었다.

이때 나는 뭔가가 이상하다고 생각하기 시작했다.

의식은 확실히 있었다. 대화를 나누는 데도 문제가 없었다. 그런데 몸이 전혀 움직이지 않았다. 통증도 느껴지지 않았다. 다리의 감각도 없었다. 뭐지……?

어쩌면 어딘가 부러졌는지도 모른다. 상태를 살피러 온 사람들에게 몸이 움직이지 않는다는 것을 필사적으로 전했다.

"다리에 감각이 없어요. 몸도 움직이지 않아요. 어딘가 부러졌을지도 몰라요. 피가 나진 않나요?"

"다리가 부러진 모양이네요. 피는 나지 않지만."

머리는 움직이는데 몸은 쇠사슬에 묶인 것처럼 이상하게 움직이지 않았다.

방금 전에 왔던 사람들이 말해주었는지 나는 인근 주민의 왜건에 실려 병원으로 옮겨졌다. 정말로 감사하다. 속도도 최대한으로 올려준 것으로 기억한다. 빨간 신호에서도 차가 오지 않는 것을 확인하고 그대로 통과해주었다.

돌이켜보면 구조대원 분들과 인근 주민 분들, 병원에 데려다주신 분들 덕분에 나는 지금 이렇게 목숨을 이어가고 있다. 얼굴도 이름도 기억하지 못하지만 정말로 감사하다는 말밖에는 달리 떠오르는 말이 없다. 이 자리를 빌려 진심으로 고개를 숙여 인사를 전하고 싶다.

내가 도착한 병원은 이미 부상자들로 인산인해를 이루고 있었다. 흡사 전쟁터를 보는 것 같았다.

의사와 간호사는 정신없이 뛰어다니고 있었고, 부상자들의 울음소리와 간호사들의 고함소리가 어지러이 날아다녔다. 나는 환자 이송용 침대로 진찰실로 옮겨져 진찰을 받을 수 있었다. 어수선한 와중에 이름과 몸 상태를 확인받았다.

"몸이 움직이지 않고, 다리에 감각이 없습니다."

그러자 누워 있는 내 얼굴 위에서 의사와 간호사가 주고받는 이야기가 들렸다.

"위험해, 위험해. 척추 손상이야, 척추 손상."

'척추 손상? 그게 뭐지? 위험하다고……?'

겨우 살았다고 생각했는데 의사들이 주고받는 말에 나는 단숨에 불안의 나락으로 떨어졌다. 연이어 밀려드는 다른 부상자들에게는 대응조차 못하는 것 같았다. 도대체 내 몸에 무슨 일이 일어났단 말인가?

"다른 병원으로 옮기겠습니다."

그 말을 끝으로 나는 병원의 복도로 보이는 곳에 방치되었다. 몇 분을 기다렸는지, 지금이 몇 시인지도 몰랐다.

지금은 대화도 가능하고 의식도 있지만, 앞으로 상태가 더 나빠질지도 모른다는 공포가 스쳤다.

아직 죽고 싶지 않아! 자연스럽게 호흡이 빨라졌다.

'심각한 상황에 놓인 게 분명해.'

'가족에게라도 연락을 했으면 좋겠는데.'

나는 그저 기다릴 수밖에 없었다.

마침내 구급차가 수배되었는지 내가 이송된다는 말을 들었다. 가면 즉시 진료를 받을 수 있는 병원이기를 바랐다.

"지금부터 오사카 병원으로 옮기겠습니다."

"네? 오사카요?"

나는 놀랐지만 그들에게 맡기는 수밖에 달리 방법이 없었다.

"시간이 조금 걸리겠지만 고속도로를 타고 가니까 괜찮을 거예요."

나는 운 좋게도 1번 객차에서 비교적 빨리 구조되어 많은 사람들 덕분에 치료를 받을 수 있는 병원으로 갈 수 있었다. 이처럼 남의 일을 자기 일인 양 마음을 써주는 그들의 모습에서 나는 우리 사회가 참 좋은 세상이라고 절실히 느꼈다.

인생은 죽을 때
결정된다

이송된 병원의 구명구급센터에는 이미 많은 의사와 간호사 들이 대기하고 있었다.

사고를 당한 사람들을 받아들일 태세가 갖춰져 있었다. 나 외의 사고 피해자는 아직 보이지 않았다.

'이제 드디어 치료를 받을 수 있겠구나.'

그때는 조금 마음이 놓였지만 진짜 싸움은 그때부터가 시작이었다.

나와 가족의 이름, 연락처를 말했다. 가족을 빨리 만나고 싶은 마음뿐이었다. 그러나 "위험해, 척추 손상이야."라는 말이 내내 마음에 걸렸다.

그 이후의 기억은 약에 의해 의식이 저하되어 있었기 때문에 단편적이다. 확실히 기억하는 것은 가족이 매일 병원에 왔다는 것과 폐의 염증 때문에 호흡이 곤란해서 힘들었다는 것 정도다.

나는 병원에 도착하자마자 두부 CT와 X선 촬영 등의 검사를 받았다. 다행히도 겉보기에 큰 외상은 없었다. 팔에 몇 센티미터 정도의 베인 상처가 몇 군데 있는 정도였다. 문제는 눈에 보이지 않는 몸속에 있었다. 언제 확인되었는지는 기억나지 않지만 의사가 진단하기로는 '경추손상'이었다.

그것이 뭔지 잘은 몰랐지만 목뼈가 골절된 것만은 알았다. 그로 인해 목의 신경이 손상되었고, 자율신경과 목 아래의 운동 기능이 마비되어 버린 것 같다. 움직일 수 있는 것은 두 팔밖에 없었다. 그것도 팔꿈치가 90도로 굽은 상태에서 위로 조금 들어 올릴 수 있는 정도였다. 그 외에도 가슴이 강하게 압박받은 것에 의해 왼쪽 폐에 피가 고이는 폐좌상을 입었다.

전체적인 검사가 대강 끝나고 나자 면회가 허락되었다. 목에 깁스를 하고 있었기 때문에 목을 옆으로 돌릴 수가 없었다.

곁눈질로 보니 멀리서 엄마가 달려오는 모습이 보였다.

"아이코! 엄마다, 알아보겠니? 괜찮아. 이제 괜찮아. 엄마가 무조건 낫게 해줄 테니까!"

드디어 엄마가 왔다! 엄마의 얼굴을 보고 나는 마냥 안심이 되었다.

그리고 이 병원으로 오기까지의 일들을 단숨에 이야기했다.

두 번 다시 만날 수 없을지도 모른다고 생각하고 있었는데. 살아서 이야기를 할 수 있다는 것이 너무나 기쁜 나머지 말이 끊임없이 흘러나왔다. 말하는 동안 몸이 움직이지 않는다는 것은 까맣게 잊고 있었다.

사고 당일 저녁, 부러진 목뼈의 위치를 조금이라도 원래 자리로 되돌려놓기 위해 두개골을 견인하여 목을 펴는 시술을 받았다.

실은 즉시 부러진 부분부터 수술로 고정시켜야 했다. 하지만 왼쪽 폐가 기능하지 못하는 데다 골절 부위에서 2.5센티미터 윗부분에 호흡을 담당하는 중추가 있었기 때문에 환부의 붓기가 심해져서 호흡 중추에 압박을 받으면 자력 호흡을 할 수 없게 되어 인공호흡기에 의존할 수밖에 없게 된다. 이것은 자칫 심각한 위험을 초래할 수 있기 때문에 수술부터 시행하지 않고 호흡 상태와 환부의 붓기를 살피면서 수술을 하기로 했다.

"부러진 뼈를 제자리로 돌려놓기 위해 목을 펴야 해서 머리에 추를 달아 잡아당길 것입니다."

"다만 추를 다는 데 머리에 쇠 장식을 장착할 필요가 있어서 머리에 나사를 박을 겁니다. 조금 불쾌하겠지만 마취를 할 테니 아프지는 않을 거예요."

의사가 갑작스럽게 말했다.

'나사라면 내가 아는 그 나사?'

머리에 나사를 박다니, 생각만으로도 무서웠다. 그런 나를 엄마가 설득했다.

"마취하면 아프지 않다니까 조금만 참아."

"정말로 아프지 않을까? 그럼……."

마지못해 응할 수밖에 없었다.

의사 선생님이 구멍을 뚫을 위치를 확인했다. 좌우로 한 군데씩 두 군데.

죽기보다 더 싫었지만 병원 침대 위에 누워 있는 나에게는 거부권 같은 건 없었다. 마취가 되고 마침내 나사가 박혔다.

"조금 불쾌할 거예요."

눈을 감고 참았다. 확실히 아프지는 않지만 나사의 감촉이 느껴져서 기분이 나빴다. 나사가 돌아갈 때마다 두개골이 끽끽거리는 것 같았다. 두 번 다시는 경험하고 싶지 않은 기분이었다.

오른쪽이 끝나자 이번엔 왼쪽이었다.

'이제 그만, 그만해!'

마음속으로 얼마나 소리를 질렀는지 모른다.

나사가 다 박히자 쇠 장식에 꽤 묵직한 추가 달렸다. 첫날의 시련은 이것이었다.

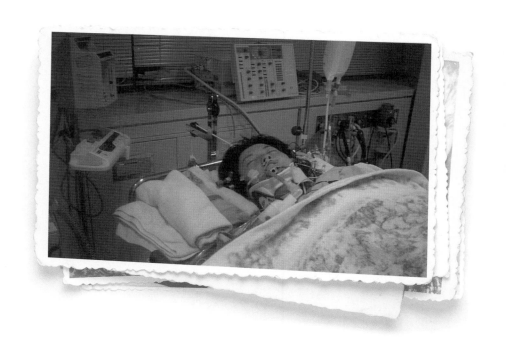

사고 3일 후, 구명구급센터에서 머리에 나사를 박고
기관 내 삽관을 하고 있는 모습.

사고 당일 병원에 도착하고 나서 기억하고 있는 것은 이 정도다.

그 후로는 숨을 헐떡이면서 출구가 없는 터널 속을 달리며 이따금 빛을 보는 것 같은 기분이었다.

사고 직후에는 호흡에 이상이 있다고는 느낄 수 없었다. 그러나 폐좌상을 일으키고 나서 폐렴에 걸렸고, 서서히 호흡부전이 되어 산소흡입이 필요해졌다. 처음에는 산소 마스크였지만 사고 이틀 후인 27일에는 호흡 상태가 회복되지 않아서 결국 기관 내 삽관을 시행하게 되었다. 기관 내 삽관은 당해보지 않은 사람은 모르는 고통이 따랐다. 삽관을 하고 난 이후에는 반 마취 상태에서 안정을 취했다.

'고통스럽다. 이제 틀렸는지도 몰라. 죽는 거야. 죽기만을 가만히 기다리고 있는 거야.'

꿈과 현실의 경계를 오가면서 진심으로 그렇게 생각했다. 그런 생각과 함께 그때까지 가본 여행의 기억과 개와 놀았던 추억, 만났던 사람들, 그리고 가족의 얼굴이 떠올랐다.

그때 번쩍 머리를 스치는 것이 있었다.

'난 이대로 죽어도 후회는 없을지 몰라. 이렇게 행복한 추억, 멋진 사람들과 만날 수 있었으니까.'

그렇게 생각했더니 호흡 곤란으로 흥분되어 있던 기분이 갑자기 편안해졌다. 죽음을 각오한 순간이었다.

'사람이란 죽음을 각오했을 때 이렇게 편안해질 수 있구나.'

이상한 기분이었다. 밖에서 자기를 보고 있는 듯한 기분.

19년의 인생이 여기서 끝나버려도 나는 행복했다고 말하고 싶다고 생각했다.

가족, 친구라는
크나큰 존재

사고 소식을 속보로 알게 된 분도 많을 것이다. 텔레비전도 각 방송국마다 특별 보도 프로그램으로 편성해서 방송했다고 하니 대부분 그날 중에 텔레비전이나 신문으로 알게 되었지 싶다.

엄마는 늘 나와 여동생을 학교에 보내고 난 후 텔레비전을 보면서 아침밥을 먹곤 했다. 그날도 아침의 정보 프로그램이 끝날 즈음 아나운서가 전한 뉴스 속보로 사고가 일어난 것을 알았다고 한다.

엄마는 즉각 NHK로 채널을 바꾸었고, 텔레비전 화면 가득히 아파트에 휘감겨 있는 열차를 보고는 온몸을 떨었다. 도시샤마에 행 열차, 시간으로 볼 때 어쩌면 아이코가 타고 있는 열차일지도 모른다. 휴대전화로 전화를 해봤지만 호출음만 울릴 뿐 아무도 받지 않았다. 그때 '역시.'

사고 현장의 처참한 모습. 2번 객차가 아파트에 감겨 있다.

하고 확신한 듯하다. 집에는 엄마 혼자밖에 없었다.

누가 바로 좀 와주기를 바라는 마음으로 평소 친하게 지내던 이웃집의 사토 아주머니에게 전화를 걸었다.

"텔레비전 봤어요? 아이코가 타고 있을지도 몰라."

또 다른 친한 아주머니인 도다 씨에게도 전화를 걸어 사고 이야기를 하자 득달같이 달려와주었다. 그동안 아빠와 작은아빠한테도 사고 열차에 내가 타고 있을지도 모른다고 연락했다.

맨 먼저 이웃 아주머니들에게 연락한 것을 보니 과연 엄마답다.

도시샤마에 역은 맨 앞에 있는 차량이 개찰구에 가깝기 때문에 내가 앞쪽 차량에 타고 있다는 것은 엄마도 알고 있었다. 텔레비전에서는 비참한 상황을 반복해서 내보내고 있었다. 엄마는 최악의 사태를 각오했다.

엄마는 곧장 사고 현장으로 달려가고 싶었지만 어쩌면 집으로 전화가 올지도 모르고, 이런 정신 상태로는 운전을 할 수 없다고 판단하고 그만두었다. 대신 집으로 달려와준 사토 아주머니와 도다 아주머니가 "어디 다른 데로 옮겨졌을지도 몰라."라며 사고 현장 인근의 병원으로 나를 찾으러 가주었다.

학교에도 내가 등교하지 않았는지 확인해보았지만 그날 받기로 한 수업의 학생 수가 너무 많아서 확인할 수 없었다. 내 친구들한테도 "아이코와 같이 있지 않니?" "아이코를 보지 못했니?"라며 연락할 수 있는 곳이면 죄다 연락해서 물어보았다.

학교 친구들도 나한테 전화를 걸어봤지만 연락이 되지 않았다. 친구들도 나를 애타게 찾았던 것 같다.

그러고 있는데 12시가 되기 전쯤에 병원에서 집으로 전화가 왔다.

"저희 병원으로 옮겼으니 바로 와주십시오."

"상태는 어떤가요?"

"지금 확인하고 있으니 병원에 오시면 말씀드리겠습니다."

"알겠습니다. 의식은 있나요?"

"의식은 있습니다."

자세한 것은 전화로 듣지 못했지만 죽지 않았다는 것만은 확인하고 엄마는 작은아빠 차를 타고 곧장 병원으로 왔다.

병원에는 근처에서 일하고 있던 아빠와 도다 아주머니의 남편이 먼저 와 있었다.

엄마가 도착했을 때는 아직 검사 중이어서 잠시 후에 면회가 허락되었다.

그 후 아빠, 엄마, 작은아빠, 이렇게 세 분은 주치의인 미쓰자와 선생님과 내 머리에 나사를 박은 사카시타 선생님으로부터 두부 CT와 흉부 X선, 측면에서 찍은 경부 X선 사진을 보며 내 상태에 대해 설명을 들었다.

"늑골과 쇄골 등은 괜찮아 보입니다. 두부 CT도 보기에는 손상된 곳이 없는 듯합니다. 다만 6번 경추가 골절되었고, 좌폐좌상을 일으켰습니다. 이 6번 경추의 골절에 의해 척추가 손상되어서 다시는 걸을 수 없을 것 같습니다."

미쓰자와 선생님의 갑작스러운 선고였다. 아빠는 냉정하게 듣고 있었지만 엄마는 멍하니 정신을 놓은 듯했다.

사고를 당한 사실조차 받아들이지 못하고 있는데 '다시는 걸을 수 없다'는 갑작스러운 선고를 들었으니 그 충격은 이루 말할 수 없었을 것이다.

"골절된 환부의 붓기는 앞으로 2, 3일이 피크입니다. 붓기의 악화와 폐렴 등의 합병증이 우려되니 투약하면서 상태를 지켜보아야 할 것 같습니다. 그동안 골절된 뼈의 위치를 조금이라도 제자리로 되돌려놓기 위해 두개골을 견인할 것입니다."

수술도 즉시 할 수 없다는 설명을 들었다.

엄마는 그때 정신이 분열될 것 같은 상태에서 정말 냉정한 의사구나 하고 생각한 모양이다. 그리고 동시에 갑자기 졸음이 밀려와서 인간은 불쾌한 일이나 아픈 일이 있으면 뇌가 그렇게 멋대로 기능하는구나 하고 생각했다고 한다.

사고 현장으로 간 사토 아주머니와 도다 아주머니는 현장에서 가까운 병원을 몇 군데 돌아보았지만 나를 찾을 수 없었다. 도로도 통제되고 있어서 생각대로 움직일 수 없던 차에 내가 병원으로 옮겨졌다는 연락을 받았다. 그 연락을 받고 도다 아주머니가 울기 시작해서 옆에서 운전하던 사토 아주머니는 내가 죽은 줄 알았던 모양이다.

고등학생이던 여동생에게도 도다 아주머니가 연락해주어서 여동생은 수업이 끝나자마자 병원으로 달려왔다. 외할아버지, 외할머니도 오셔서 병원 대합실에는 친척들로 북적였다.

그날 저녁, 두개골 견인이 끝나고 나서 여동생도 만날 수 있었다. 내 모습을 본 여동생은 큰 충격을 받은 듯했다.

"병원엔 이제 가고 싶지 않아."

그날 이후로 여동생은 병원에 오지 않았다.

내가 사고 열차에 탔다는 사실은 금방 널리 알려졌다. 왜냐하면 처음 이송되어온 병원의 화이트보드에 내 이름이 적혀 있었고, 그것이 뉴스를 통해 반복해서 방송을 탔기 때문이다.

가족 대신 작은엄마가 대기하고 있던 집으로는 애견 친구들과 친구들로부터 "정말로 아이코예요?"라며 나를 걱정하는 전화가 끊임없이 이어졌다고 한다.

아빠와 엄마는 그날부터 며칠을 병원 근처의 호텔에 묵으며 면회 시간이 시작되지도 않은 오전부터 병원에 와서 만약의 사태에 대비해 병원 안 벤치에서 대기했다. 가족에게도 전쟁이 시작된 것이다.

당연한 일상이
사라진 나날

한 순간의 사고로 나의 모든 것이 바뀌었다.

입에는 인공호흡기, 팔에는 수많은 관이 연결되어 있고, 코에도 위와 연결된 튜브가 들어와 있었다.

마취로 잠에 빠졌지만 무의식중에 인공호흡기를 빼려고 하거나 씹으려고 했는지 손은 침대 난간에 묶여 있었다. 나는 침대 위에서 살아 있는지 죽었는지도 잘 몰랐다.

세 시간마다 가래를 제거할 때도 두 시간마다 욕창을 예방하기 위해 자세를 바꿀 때도 시키는 대로 고분고분 따랐다.

호흡이 회복되기를 기다렸다가 목의 골절된 부분을 고정하는 수술이 예정되어 있었지만 폐렴을 일으키는 바람에 호흡은 전혀 회복될 기미가 보이지 않았다. 그래서 먼저 목 수술부터 하고 호흡이 회복되기를 기다리기로 했다.

4월 29일, 사고 발생 4일 후이자 골든위크(4월 말부터 5월 초까지 일본의 국가지정공휴일이 모여 있는 일주일)의 첫 날인 공휴일에 갑작스럽게 수술이 시행되었다.

수술은 허리에 있는 늑골의 일부를 잘라내 목의 부러진 부분에 이식하는 것이었다. 8센티미터 정도의 티타늄 플레이트로 목뼈를 앞뒤에서 고정시키는 큰 수술이었다. 그러기 위해서 목의 앞과 뒤에 메스를 가하게 되었다.

"아이코, 괜찮아. 힘내."

의식이 분명치 않았는지, 멀리서 엄마의 목소리가 들리는 것 같았다.

수술은 오전 9시 30분에 시작해서 22시에 끝났다. 약 열두 시간에 이르는 대수술이었다.

나는 수술실로 간 것도 전혀 모르고 있었는데, 어느새 내 목에는 깁스가 감겨 있었다. 마취를 하고 있었기 때문에 통증도 느끼지 못했다.

수술 후에도 호흡은 회복되지 않았다. 심전도 등을 표시하는 모니터는 빨갛게 점멸되고 있었고, 위험을 알리는 알람이 요란하게 울어댔다. X선을 찍어보니 왼쪽 폐에 물이 고여서 하얀색이었다.

골든위크인 이 시기는 의사와 간호사도 쉬는 사람이 많아서 일손이 부족하다. 몽롱한 의식 속에서 '골든위크가 아니면 좋았을 텐데.'라고 생각했다. 내가 안심할 수 있는 유일한 시간은 15시부터 20시까지인 면회 시간이었다. 매일 15시가 되면 가족이 면회를 와주었다.

언제쯤 호흡이 회복될까?

숨을 쉬기가 괴로웠다. 가래가 끓고, 스물네 시간 내내 물에 빠져 있는 것 같았다. 어떻게든 하고 싶었다. 가래와의 전쟁으로 목구멍 속에서 "그르렁그르렁." 우는 소리가 났다.

의식이 있으면 심각한 생각을 하기 때문에 하루 중 대부분을 자고 가끔 눈을 떴다.

호흡 곤란으로 힘든 것과 마취로 인해 나는 깨지 않는 악몽 속을 계속해서 방황하고 있었다. 현실인지 꿈인지조차 분간할 수 없었다.

언제는 눈앞에서 사람이 총에 맞는 꿈. 언제는 병원이 괴한들에게 납치되는 꿈. 그런 광경이 몇 번이고 되풀이되며 끝나지 않았다.

지금이야 이상한 꿈이라고 치부해버릴 수 있겠지만 그때는 깨어나고 싶어도 깰 수 없었다. 오로지 악몽만이 되풀이되었다.

'빨리 여기에서 벗어나고 싶어!'

아무리 간절하게 원해도 도저히 악몽에서 벗어날 수 없었다.

인공호흡기를 물고 있었기 때문에 말도 할 수 없었다. 간호사가 글자판을 준비해주어서 잠에서 깨어 있을 때는 그것으로 간단한 의사 표시나마 할 수 있었다. 나는 겨우 움직일 수 있는 오른손을 부축 받으며 글자를 가리켰다.

꿈과 현실이 뒤섞여 있을 때는 "아까 병원 의사 선생님 계셨어."라고 계속 호소하기만 했다.

"그래. 이제 괜찮아."

당연히 주위사람들은 날 상대해주지 않았다. 아무도 믿어주지 않는 것에 난 '왜 날 믿어주지 않지? 다들 세뇌당해서 조종당하고 있는 거야. 누가 나 좀 살려줘!'라고 공포를 느꼈다.

'누군가가 날 위험에 빠뜨리려고 하고 있어.'

나는 병원 사람들 전부가 적으로 보였다.

'혼자 있는 것이 무서워.'

정신적으로 궁지에 몰려서 고통이 커졌고, 가족이 날 돌봐주지 않을 때면 불안이 멈추지 않았다. 24시간 내내 내 곁에 있어주길 바랐다.

그런 최악의 정신상태 속에서 나를 지탱해준 것은 친구들과 선생님한테서 받은 메시지와 병문안이었다.

"아이코, 학교 친구들과 선생님께서 편지를 보내주었는데 지금 읽어보겠니?"

A4 봉투에 담긴 많은 편지. 한 친구가 제안하여 선생님과 친구들의 편

지를 모아다 주었다.

엄마가 편지를 한 장 한 장 일일이 펴서 내 눈앞에 들어서 보여주었다. 머리가 몽롱해서 글자가 제대로 들어오지 않았다. 편지 한 장을 읽는 데 5분 이상이 걸렸다.

"빨리 나아서 수다도 떨고 같이 놀러도 다니자!"

편지에는 수많은 격려의 글이 담겨 있었다.

'다들 이렇게 날 걱정해주고 있는데 나도 힘내야 해!'

그때만은 공포와 불안으로 흥분되어 있던 기분이 조금은 가라앉았다. 나를 위해 이렇게 많은 사람들이 편지를 써준 것이 너무나 고맙고 기뻐서 마음 같아서는 그 자리에서 다 읽어보고 싶었지만 체력이 허락지 않았다.

"피곤해."

글자판을 가리키고 나서 휴식. 하루에 다섯 명 분의 편지를 읽는 것이 한계였다.

프리스비 도그 대회에서 알게 된 애견 친구들도 골든위크 때 열리는 대회의 경기장에서 프리스비에 메시지를 빼곡히 적어서 병원으로 가져다주었다.

"아이코, 힘내. 다들 너한테 메시지를 남겼어. 간토(도쿄, 이바라키, 도치기 등이 중심인 일본의 동부 지역) 사람들도 걱정이 이만저만이 아니야."

프리스비 안쪽에 빽빽이 쓰여 있는 메시지. 그런 프리스비가 몇 장이나 되었다.

'모두들 다시 보고 싶어.'

깨어 있는 동안에는 엄마가 들고 있는 편지와 프리스비를 읽는 것이 일과가 되었다. 나는 친구 복이 많은 것 같다. 그들이 보낸 글을 읽을 때마다 나도 모르게 힘을 내자고 기도하는 마음을 유지할 수 있었다.

시간이 흐름에 따라 수치상으로 호흡 상태가 나아지기 시작하자 마취약의 양은 서서히 줄어들었고, 깨어 있는 시간은 늘어났다. 동시에 꿈과 현실을 혼동하는 일도 사라져갔다.

"가방, 예뻐."

그날 엄마가 들고 온 흑백의 꽃무늬 백을 보고 대화를 나눌 수 있는 정도까지도 되었다.

수술 후 열흘이 지난 5월 9일, 마침내 입에 삽입되어 있는 인공호흡기를 떼어냈다. 나는 자발호흡을 연습했다. 그러나 염증의 영향으로 가래가 끊임없이 나와서 그것을 뱉어내기가 너무 힘들었다. 숨을 쉴 때마다 목구멍 속에서 그르렁그르렁 소리가 나서 가래가 거기 있다는 것을 알면서도 뱉어내질 못하니까 그보다 더 기분 나쁜 일도 없었다.

옆에서 엄마가 "배에 힘을 주고 해봐."라고 말하지만 그것은 나도 이미 알고 있었다.

한바탕 괴로움을 겪고 난 후 겨우 가래를 뱉어내면 바로 다음 가래가 목구멍 속에서 기다리고 있는 것이었다.

제대로 숨을 쉬지 못하고, 어째서 이런 간단한 일조차 할 수 없는지 나는 초조해지기 시작했다.

그러다 다음 날 이른 아침, 가래를 제대로 뱉어내지 못해서 호흡 곤란을 일으켜 잠시 의식을 잃었다.

흐려지는 의식 속에서 낫 모양의 후두경을 든 의사가 그 빛으로 나를 비추고 있는 것이 어렴풋이 보였다.

어지러웠다.

정신이 들었을 때는 다시 기관 내 삽관을 하고 있었다.

'아아, 다시 되돌아간 건가?'

겨우 좋아지기 시작했는데 다시 이전 상태로 돌아가 버렸다. 수치상으로는 호흡에 변화가 없었지만 다시 삽관이 되었다는 사실에 큰 충격을 받고 몹시 우울해졌다.

'더 이상은 무리일지도 몰라.'

포기하려는 마음이 끓어올랐다.

"난 언제나 가족 모두와 함께 있어서 감사해."

글자판에 약한 마음이 고스란히 드러나는 말을 가리켰다.

"조금씩 좋아지고 있으니까 괜찮아!"

엄마가 내 손을 잡고 격려해주었다.

다시 자발호흡으로 바꿀 수 있을 만큼 회복된 것은 아니었지만, 과도한 마취도 몸에 좋은 것은 아니어서 마취약의 양을 줄이게 되었다. 그만큼 깨어 있는 시간이 길어졌고, 몸이 힘들다는 것을 느끼면서 호흡을 할 수 없는 고통은 커졌다.

깨어 있는 시간이 길어지자 그때까지 걱정되지 않았던 것이 걱정되기 시작했다.

인공호흡기의 관을 항상 입에 물고 있었기 때문에 고통스러웠다. 입술은 말라서 갈라졌고 피가 배어나왔다. 매일 똑같은 풍경. 시야에 들어오는 것은 책상이 늘어선 개방식 간호사 대기실과 다른 침대 세 개 정도.

구명구급센터에는 위독해 보이는 환자도 들어와 있었다. 옆 침대의 아저씨는 의식이 없었다. 대각선 앞에 있는 아저씨는 골절만 당해서 병원식을 먹고 있었다. 부럽다. 눈앞의 여자는 나보다도 의식이 희박했다. 누군가의 상태가 급변하면 의사와 간호사 들이 바빠졌다. 이런 곳에 있다간 정신이 이상해질 것 같아서 나는 마음을 진정시키려고 혼신의 힘을 쏟고 있었다. 어쩌면 이미 이상해졌는지도 모른다.

'어째서 난 심각한 생각을 하면서 여기에 이러고 있어야 되지?'

불과 얼마 전까지만 해도 건강하게 살고 있었는데. 나는 2주일 이상 침대 위에서 누워 있는 상황을 받아들일 수 없었다. 꽥꽥 소리를 지르며 마음을 달래보고 싶었지만 그조차 뜻대로 되지 않았다.

가족과 자유롭게 만나고 싶어도 면회 시간이라는 제한도 있었다.

생명을 이어가기 위해 지금은 부자유를 가만히 참고 견딜 수밖에 없었다. 도망칠 수 있는 선택지도 주어지지 않았던 것이다.

이제 죽어도 좋으니까 의식이 없는 상태로 있고 싶었다. 이 고통에서 도망칠 수만 있다면 더 이상 눈을 뜨지 못해도 좋다. 제발 누가 나 좀 살려줘.

어느 날, 내가 움직이고 싶다고 했는지 어쨌는지는 모르지만, 잠시나마 시름을 잊을 수 있도록 머리의 각도를 바꿀 수 있는 환자 이송용 침대차 같은 것으로 조금 이동할 수 있게 되었다.

"아이코, 다행이다. 조금이나마 이동할 수 있어서."

엄마가 말해주었다.

평소와는 다른 풍경을 볼 수 있다는 것에 가슴이 쿵쾅쿵쾅 뛰었다.

"하나, 둘, 셋."

신호에 맞춰 침대에서 침대차 같은 것으로 옮겨졌다.

"외할아버지가 밀어주마."

그날 병문안 오신 외할아버지가 천천히 밀어주셨다. 이동이라고 해봐야 삽관을 해서 산소를 공급받고 있었기 때문에 실내에서 5미터 정도 움직이는 게 고작이었지만 평소와 다른 풍경에 마음이 조금은 진정되었다.

"창문은 작아도 밖이 조금 보이는구나."

엄마의 말에 오른쪽을 보았더니 작은 창문이 있었다.

"보이니? 나무밖에 보이지 않지?"

누워 있었기 때문에 시계는 좋지 않았지만 그 창문으로 나무가 보였다. 바람에 흔들리는 나무가. 3주일 만에 보는 바깥 풍경이었다.

"겨우 밖이 보여."

뭐라고 말할 수 없는 심정이었다. 그 창문을 몇 분 동안이나 가만히 바라보고 있었다.

기껏해야 한 그루의 나무에 불과했는지는 모르지만 내 마음을 진정시켜주기에는 충분한, 커다란, 너무나 커다란 나무였다. 나무를 볼 수 있다는, 평소라면 당연했을 일만으로도 이렇게 기쁠 수가 있다니.

나는 살아 있다는 것을 실감했다. 나무라는 커다란 자연이 내 마음을 감싸주었다. 그때의 풍경은 지금도 내 머릿속에서 떠나지 않는다.

고작 5미터의 이동이었지만 3주일 동안이나 살벌하기 그지없는 풍경만 계속 볼 수밖에 없었던 나에게는 큰 거리였다.

평소 당연한 일이 당연하지 않게 될 때가 오리라곤 생각해보지도 않았지만 그 나무로 인해 나는 지금 존재하는 것, 지금 이 순간에 감사하게 되었다.

지옥에서
천국으로

구명구급센터는 내 목숨을 이어가게 해준 감사해야 할 장소였지만 두 번 다시는 가고 싶지 않은 장소이기도 했다. 줄곧 누워만 있는 내가 할 수 있는 일이라고는 자는 것밖에 없었다. 24시간 내내 잘 수 있으면 상관없지만 깨어 있는 시간도 있다. 밤중에 잠이 깼을 때는 최악이었다.

기계 소리만이 울리는 어두컴컴한 실내. 인기척이 드물어서 환자의 상태가 급변해도 아무도 알아채지 못하는 것은 아닌가 하는 공포가 사라지질 않았다. 면회 시간은 15시부터 20시까지로 엄격하게 정해져 있었다. 한 번에 들어올 수 있는 사람 수도 두 명까지였다. 마침 시계가 보이는 위치에 침대가 있었기 때문에 언제나 아침부터 15시까지 카운트다운을 했다. 눈이 말똥말똥해지는 정오 무렵이 가장 힘든 시간대였다.

'아직도 12시야? 앞으로 세 시간이나 남았네.'

그러고 나서 다시 시계를 보니 겨우 5분밖에 지나지 않았다. 그런 행동이 15시까지 반복되었다.

"음악이라도 들으면서 시간을 때울까 하는데……."

내 말에 아빠가 iPod을 사다 주었지만 당시만 해도 아직 널리 보급된 제품이 아니라 간호사들도 사용 방법을 몰랐다. 어찌어찌 들을 수 있어도 이어폰이 금방 귀에서 빠져버렸다. 결국 음악은 가족이 있을 때만 들을 수 있었고, 자연스럽게 별로 사용하지 않게 되었다. 그렇다고 라디오는 내가 답답해하고 있을 때 DJ의 쾌활한 목소리가 귀에 들어와서 들을 기분이 나지 않았다.

'한시라도 빨리 여기에서 나가고 싶어. 어떻게든 나 스스로 숨을 쉬고 싶어.'

몸이 움직이지 않는 것은 이제 아무려나 상관없었다.

면회 시간이 시작되면 이번엔 면회 시간의 종료 카운트다운이 시작되었다.

'앞으로 두 시간 남은 건가……?'

면회 시간에는 조금이라도 답답함을 달래고 싶어서 '오늘은 누가 왔을까?' 하고 면회 오는 사람을 확인했고, 가족밖에 없을 때는 "재미있는 얘기 좀 해줘."라고 요구했다.

그러나 속으로는 '재미있는 이야기라고 들어봤자네. 어렵구나.'라고 늘 괴로워했다.

인공호흡기를 달고 있었기 때문에 입은 늘 벌린 상태였다. 더군다나 병원 안이 건조해서 입 안과 입술은 바짝바짝 말랐다. 살갗도 버석버석 말라서 아팠다. 수분이 필요했다. 입 안에는 5밀리미터 정도의 구내염도 생겼다.

"입술이 아파. 적셔줘."

엄마가 젖은 가제를 대주었다. 촉촉한 감촉이 기분 좋았다.

사고 이후로 아무것도 먹지도 마시지도 못하고 점적주사로 목숨을 이어가고 있었다. 입이 말라 있었기 때문에 물을 꿀꺽꿀꺽 마시고 싶었지만 마실 수가 없었다.

다른 사람이 물을 마시고 있는 모습을 보는 것이 너무나 괴로워서 무리인 줄 알면서도 '마시고 싶다.'고 몇 번이나 글자판을 가리켰다. 그러면 가족들도 괴로운 표정을 지으면서 달래주었다.

"조금만 더 좋아지면 물을 마실 수 있으니까 참아. 우선은 가제로 적셔줄게."

그리고 면회를 오는 사람들에게도 철저하게 주의를 주었다.

"마시지 못하고 먹는 것도 안 돼."

숨 쉬기가 괴로워서 사람이 보이지 않으면 안정을 찾지 못하고 패닉에 휩싸이게 된다. 몸도 정신도 한계를 넘어서서 힘들다는 말밖에는 찾을 수가 없었다.

폐는 조금씩 상태가 좋아지고 있었지만, 이번엔 발열이 계속되었다. 검사해보니 MRSA 감염증에 걸린 것이었다. MRSA라는 균은 어디에나 있는 균으로 건강한 사람은 감염되는 일이 없지만 몸이 약하면 감염되는 균이라고 한다. 그 때문에 치료가 예상대로 진행되지 않았다. 이 이상 기관 내 삽관을 하고 있는 것도 부담이 컸기 때문에 목의 수술 자국이 어느 정도 치유되어 기관 절개를 하게 되었다.

기관 절개는 입에서 튜브를 통해 산소를 흡입하는 것이 아니라 목을 절개해서 삽입한 관을 통해 산소를 흡입한다. 장기간 기관 내 삽관이 필요한 경우에는 기관 절개로 바꾸는 모양이다.

감염증을 일으킬 위험은 있었지만 한시라도 빨리 입에서 튜브를 제거하고 싶었다. 목을 절개한다는 것만으로도 다른 때 같았으면 주저했겠지만, 이런 상황에서는 주저하고 말 것도 없었다.

5월 16일, 수술 날짜는 갑자기 찾아왔다. 의사 선생님으로부터는 지난주에 "다음 주 화요일에 수술합시다."라는 말을 들었는데, 월요일에 갑자기 오늘 점심때 기관 절개를 하게 되었다는 것이다.

'오늘? 마음의 준비도 되지 않았는데……'

조금 당황했지만 하루라도 빨리 입에서 튜브가 없어진다고 생각하니

다행이지 싶어서 바로 생각을 고쳐먹었다.

수술 자체는 한 시간도 안 돼 순식간에 끝났다.

"오카자키 씨, 오카자키 씨."

멀리서 목소리가 들렸다. 그 목소리가 서서히 커지기 시작했을 때 잠이 깼다.

머리가 몽롱했지만 입에서 느껴지던 큰 위화감이 없어졌다는 것을 바로 알았다.

'입에 관이 없어!'

목에는 관이 삽입되어 그곳으로 산소가 들어오고 있었다. 목소리는 낼 수 없었지만 호흡을 할 때마다 소리가 나서 〈스타워즈〉에 나오는 다스 베이더 같았다. 가래는 여전히 나왔지만 전처럼 물에 빠진 것 같은 답답함은 사라졌다.

좀 더 빨리 기관 절개를 해주었으면 좋았을 텐데. 3주일이나 인공호흡기를 달고 있었기 때문에 입 주위의 근육이 약해져서 의식하고 있지 않으면 입이 다물어지지 않았다.

"어때? 힘들지 않니?"

"많이 좋아졌어."

"입을 자꾸 움직여서 근육을 좀 키워야겠다. 입이 자연스럽게 벌어져 있어."

지금 생각해도 두 번 다시는 입에 삽관을 하고 싶지 않았다. 하지만 그때의 아픈 경험 때문에 앞으로 무슨 일이 일어나도 견딜 수 있을 것 같았다.

기관 절개를 하고 나서 4일 후인 5월 20일, 왼쪽 폐의 상태도 좋아져서 구명구급센터에서 일반 병동으로 옮기게 되었다.

드디어 여기에서 밖으로 나갈 수 있게 된 것이다. 구명구급센터 이외의 풍경은 3주일 만에 보는 것이었고, 긴장감으로 가득 찬 이 공간에서 나갈 수 있다는 생각만으로도 마음이 한결 편안해졌다.

침대에 누운 채 구명구급센터에서 나왔다. 문을 지나자 밝은 복도가 이어져 있었다. 빛에 눈이 부셨다. 형광등 불빛이 아니라 자연의 빛. 사람들의 목소리와 엇갈려 지나가는 소리가 들렸다. 병원의 일상적인 광경이 펼쳐져 있었다.

내가 옮겨간 병실은 뇌신경외과 병동의 간호사 대기실에서 가장 가까운 1인실이었다. 창문도 있어서 실내는 밝았다. 아침인지 밤인지도 피부로 느낄 수 있었다. 텔레비전도 있었다. 여전히 산소흡입기는 달고 있었지만 지옥에서 돌아온 듯한 기분이었다.

'이 방에선 텔레비전도 볼 수 있구나. 창문도 커서 다행이야.'

'등을 기댈 수 있는 의자도 있고, 병문안을 와도 몇 명이든 들어올 수

있겠어.'

구명구급센터에서 나올 수 있었다는 것은 생명의 위험성이 낮아졌다는 뜻이다. 마침내 나는 '살았다'고 실감할 수 있었다.

그 시점에서 나는 내가 당한 사고가 큰 사고였다는 것은 상상할 수 있었지만, 사고의 개요나 규모 등은 전혀 알 수 없었다. 필시 신경정신과 의사 선생님이 나에게 알려주는 것을 막고 있었지 싶다.

나는 정신적으로 막다른 곳에 몰린 상태에서 벗어날 수 있었고 마음에도 조금의 여유가 생겼다. 그러자 여러 가지 감정이 생겼다.

'그때 열차를 조금 늦게 탔더라면……'

'그 수업을 듣지 않았더라면……'

그런 후회만 하면서 구명구급센터에 있었을 때와는 또 다른 무거운 마음이 온몸을 짓눌렀다. 그런 생각이 드는 것이 어쩔 수 없다는 것은 잘 알고 있었다.

그러나 '그래도……'가 머릿속에서 끊임없이 흘러넘쳤다. 답이 없는 질문으로 머릿속이 가득 찼다.

3

'가능성'을
보다

먹을 수 있다는 것에 대한 감사

일반 병동으로 옮기자 엄마는 아침부터 병실에 와주었다. 면회 시간은 원래 13시부터였지만 1인실만의 특권이었다. 그런 점은 좋았지만 한편으로 1인실에서는 사람의 기척을 느낄 수 없어서 혼자 있을 때면 뭐라고 표현할 수 없는 고독감에 휩싸였다.

일반 병동에서 맞은 첫날밤엔 작은아빠가 병실에서 같이 자주었다. 그래도 환경이 바뀐 탓에 나는 잠을 이루지 못하고 두 시간마다 깼다. 수면제도 먹었지만 잠깐 잠이 들었다간 금방 깼다.

새벽 4시쯤 갑자기 "윙." 하고 울리는 소리에 나는 잠이 깼다. 산소흡입기인지 뭔지가 경보음을 내는 것이라 생각한 나는 패닉을 일으켰다. 호흡이 거칠어지며 과호흡과 같은 상태가 되어 간호사 호출 벨을 눌렀다.

"무슨 일이에요?"

간호사는 즉각 달려와주었다.

나는 '소리가 난다.'고 글자판을 가리켰다.

"소리? 무슨 소리? 이 침대에서 나는 소리인가?"

누워 있던 전동 침대에서 희미하게 들려오는 기계음을 경보음이라고 착각한 듯했다. 이런 작은 변화에도 예민해질 정도로 나는 신경이 곤두서 있었다.

기관 절개를 했지만 아직 목소리는 나오지 않았다. 기관 절개부에 삽입되어 있는 기구를 발성 가능한 유형의 것으로 바꾸지 않으면 목소리가 나오지 않는 것이었다. 미쓰자와 선생님으로부터는 조금만 더 기다리라는 말을 들었고, 나는 계속해서 글자판으로 대화를 나눴다.

가래는 여전히 세 시간 간격으로 제거해야 했지만, 입에서 제거하는 것이 아니라 목에서 제거하게 되어 숨을 쉬기가 한결 편안해졌다. 그리고 일반 병동으로 옮기고 나서 환경이 안정되자 차츰 내가 처한 상황을 생각할 수 있게 되었다.

목부터 아래로는 움직이지 못하고, 아직 움직일 수 있는 것은 목과 팔뿐. 쇠사슬에 묶인 것처럼 움직이지 않는 몸은 사고 직후부터 무엇 하나 달라지지 않았다. 가족은 나에게 아무 말도 하지 않았지만, 나는 확실히 알고 있었다.

5월 25일, 산소흡입을 멈추고 자발호흡으로 전환했다. 이로써 마침내 기관 절개부를 발성 가능한 스피킹 밸브로 바꿀 수 있었다. 아직도 답답함은 남아 있었기 때문에 첫날엔 두 시간부터 시작해서 서서히 시간을 늘려갔다. 거의 한 달 만에 목소리를 낼 수 있었던 것이다.

"아, 아, 아……."

그러나 무슨 말이든 하고 싶었는데 쉰 소리만 새어나올 뿐 무슨 말을 하고 있는지 알아들을 수 없었다.

"좀 더 힘을 내서 말해봐."

'목소리가 나오지 않아.'라고 말하고 싶었지만 그 또한 말로는 나오지 않았다.

그러는 사이에 나는 기력이 다해 포기해버렸다. 그때 나는 사람이 목소리만 내는 데도 폐를 이렇게 사용해야 하는구나 하고 통감했다. 그래도 2일째에는 요령을 터득해서 쉰 목소리이긴 해도 제대로 대화를 할 수 있게 되었다.

"등이 아파서 그러는데 오른쪽 허리 아래에 쿠션 좀 넣어줘."

"여기면 되겠니?"

"좀 더 위로."

"거기야, 거기."

글자판을 가리켜서 대화를 나눌 때는 전달할 수 없었던 섬세한 뉘앙스의 메시지를 막힘없이 전달할 수 있게 되어 의사소통이 얼마나 멋진 일인지를 실감했다. 이로써 말하고 싶은 것을 전달할 수 없는 답답함으로부터도 해방되었다. 나는 조금씩 내 몸이 좋아지는 것을 느낄 수 있었다. 회복으로 가는 계단을 한 걸음씩 올라가고 있는 듯한 기분이었다.

"더운데 에어컨 좀 틀어주시겠어요?"

내가 간호사에게 말하자 간호사는 조금 놀란 표정으로 대답했다.

"보는 것과 목소리의 이미지가 다르네요. 의외로 허스키해요."

"아직 목소리를 내기가 어려워서요. 평소에는 이렇게까지 낮은 목소리가 아니에요."

스스럼없는 대화에 서로 웃는다. 그런 것도 마음을 편안하게 해주었다.

입에 인공호흡기를 물고 있었을 때는 갈증을 참지 못하고 물을 마시고 싶다고 큰 소란을 피웠지만 기관 절개를 해서 입을 다물 수 있게 된 뒤로는 어느 정도 나아졌다. 연하 기능이 회복되는 것을 보고 음식 섭취가 허락될 때까지는 조금만 더 기다리면 되었다.

그때까지는 코에 삽입한 튜브로 위에 직접 유동식을 흘려 넣고 있었다. 영양분을 섭취하고는 있었지만 입을 통한 섭취가 아니어서 먹었다는 느낌은 전혀 받을 수 없었다. 먹지 않았는데 배는 부르다는 불쾌함이 남았다.

구강 내 케어를 위해 입 안을 헹구는 것도 가능해졌다.

"마시면 안 돼요. 반드시 뱉어내요."

간호사에게 파이프 모양의 물병을 받아서 물을 머금었다. 입 안에 시원한 감촉이 퍼지면서 기분이 정말 좋았지만 그대로 삼키고 싶은 것을 꾹 참았다.

"빨리 물을 마시고 싶어요."

미쓰자와 선생님에게 그렇게 말하면 "아직 기다려요."라고 제지당하는 일이 반복되었다.

기관에 인공호흡기를 달고 있었기 때문에 연하 기능이 저하되어 있었다. 만약에 음식물을 삼켰을 때 잘못해서 기관으로 들어가 염증을 일으키면 돌이킬 수 없다. 그래서 선생님도 신중했다.

선생님과의 실랑이 끝에 드디어 마시는 것만 우선 허락을 받았다. 구명구급센터에서는 입술과 입 안이 마르는 것과 싸우며 물에 적신 가제를 입술에 대는 것이 고작이었는데 이제는 스스로 물을 마실 수 있게 된 것이다. 목이 마르는 것을 더 이상 참지 않아도 되는 것이었다.

"기관으로 들어가면 곤란하니까 한 번에 마시려고 하지 말고 조금씩 신중하게 마셔요."

선생님은 다시 한 번 주의를 주었다.

물을 마시는 것은 한 달 만이다. 처음에는 불안한 마음도 있었지만, 금방 사라져버렸다. 엄마가 물병의 물을 마시게 해주었다. 소량을 입에 머금고 마셨다. 사고를 당하기 전과 마찬가지로 마실 수 있었다.

"목구멍이 시원해! 조금만 더 줘."

목구멍에 물이 닿았을 때의 감촉이 더할 나위 없이 좋았다. 액체 상태이면 먹어도 되었기 때문에 주스, 얼음, 엿, 아이스크림도 먹을 수 있었다.

"딸기 빙수랑 막대 사탕도 사다 줘."

엄마한테 부탁하자 바로 사다 주셨다.

"빨리 줘."

나는 기다릴 수가 없었다.

"조금씩 천천히 먹어."

엄마는 빙수를 한 숟가락 입에 넣어주었다.

"달콤해! 딸기 맛이 나! 더 먹고 싶어."

"맛있니? 다행이다!"

계속해서 더 달라며 나는 먹는 것을 멈출 수 없었다.

입원하고 나서 이렇게 웃은 적은 처음이었다.

"처음이니까 이쯤에서 그만 먹자."

나는 더 먹고 싶었지만 3분의 1쯤 먹고 나머지는 어쩔 수 없이 엄마에게 양보했다.

"음식도 빨리 먹고 싶어요!"

이번에는 간호사에게 매일 졸랐다.

의사 선생님과도 교섭해보았지만 좀 더 기다리라며 좀처럼 허락해주지 않았다.

머릿속은 온통 먹을 것만 생각하면서 반항기의 중학생처럼 사나워져 있었다.

1인실이라 다른 환자가 식사하는 모습을 보지 않는 것은 다행이었지만 아침, 점심, 저녁식사 때마다 들려오는 배식하는 소리가 여간 고통스럽지 않았다.

'왜 나만 못 먹지?'

그야말로 인내와의 전쟁이었다.

'오늘도 틀렸어. 내일은?'

하루하루 기대와 실망이 반복되었다. 이때만은 먹는 것을 좀처럼 허락해주지 않는 의사 선생님이 원망스러웠다.

'먹을 수 있게 되면 뭘 먹을까?'

'불고기도 먹고 싶고, 과일도 먹고 싶고, 초콜릿도 먹고 싶고……'

줄줄이 떠올랐다. 위로 유동식이 흘러 들어올 때마다 '또 이거야?' 하고 욕을 해댔다. 먹는 것에 대한 집착은 인간의 정신을 흐리게 한다. 늘 식탁 위의 밥을 노리던 아농의 심정이 왠지 모르게 이해가 되는 것 같았다.

6월 2일, 마침내 "수분 함량이 많은 과일이나 부드러운 젤리 같은 것이라면 먹어도 됩니다."라고 허락이 떨어졌다. 기다리고 기다리던 고형

식. 엄마가 바로 잘게 자른 수박과 포도를 가져다주었다.

조금씩 목이 메지 않도록. 처음 먹은 것은 수박이었다.

"천천히 꼭꼭 씹어서 먹어."

엄마가 수박 한 조각을 입에 넣어주었다.

아삭아삭한 감촉, 입 안에 퍼진 수박의 맛은 나에게 세상에 없는 환한 미소를 짓게 했다.

"끝내주게 맛있어!"

"정말로 행복한 표정이구나."

그릇에 담겨 있던 과일이 순식간에 없어졌다. 평소 먹던 것이 이렇게 맛있다고 생각한 것은 처음이었다.

"내일 또 가지고 올게. 뭐가 좋겠니?"

"수박 또 가져와도 돼!"

즐거움이 한 가지 더 늘었다.

이틀쯤 과일로 속을 적응시키고 나서 드디어 병원식을 배식 받게 되었다.

먹는 것을 이렇게 오랫동안 기다려본 적이 없었다. 목이 메지 않도록 우선 죽과 잘게 썬 음식부터 시작했다. 조금 부족해 보이기는 했지만 먹을 수 있다는 것만으로도 대만족이었다. 처음 나온 것은 햄버그스테이크.

"과일에서 갑자기 햄버그스테이크?"

쉽게 허락해주지 않더니 갑작스러운 차이에 엄마와 나는 웃고 말았다. 갈색의 고기 덩어리를 입에 넣고 꼭꼭 씹자 따뜻하고 그리운 맛이 났다. 오랜만에 하는 식사는 맛이 진하게 느껴졌다. 죽과 번갈아 먹으면서 깨끗이 비웠다.

사고 전에는 먹는 것에 전혀 관심이 없었다. 좋고 싫은 것도 꽤 많은 편이었다. 그런데 40일 가까이 식사가 제한되자 먹는 기쁨을 크게 실감하게 되었다.

먹을 수 있다는 것만도 실은 너무나 멋진 일이라고 감사하며 먹을 수 있게 되었다.

두 번째
죽을 뻔한 위기

식사가 허락되기 얼마 전부터 미열이 계속되고 있었는데 전혀 나을 기미가 보이지 않았다. 뿐만 아니라 40도가 넘는 열이 나기 시작했다.

"더워, 너무 더워. 에어컨 좀 켜줘. 이불도 덮지 마."

평소에는 얼음베개를 베면 머리가 아파서 되도록 쓰지 않았지만 그런 걸 따질 상황이 아니었다. 감기에 걸렸을 때보다도 더 심했다.

"보냉제 좀 얻을 수 있을까요?"

보냉제를 받아서 목과 겨드랑이, 가랑이에 끼워보지만 금방 녹아버렸다.

"다 녹아버렸으니까 다른 걸로 바꿔줘요."

"아직 아까 썼던 게 완전히 얼지 않았으니까 조금만 기다려."

병동에 있던 얼음을 나 혼자 다 써버리고 보냉제가 다시 어는 시간마저 따라가지 못하게 되었다. 엄마는 집에 있던 보냉제를 얼려서 매일 가지고 왔다.

원인은 모르지만 혈액 검사의 결과가 예상보다 나쁜 것 같았다. MRSA가 완치되지 않았거나 감기라고 생각했는데 아무래도 그런 것은 아닌 듯했다. 열은 며칠 동안이나 내려가지 않았다. 그렇게 너무 더워서 한참을 고생했는데 이번엔 추위가 엄습했다.

"너무 추워서 몸이 계속 떨려요. 난방 좀 해줄 수 없어요?"

간호사에게 졸랐다.

"지금은 모든 병동이 냉방을 하고 있을 때라 이 방만 따로 난방으로 돌릴 수가 없어요. 전기담요를 가지고 올 테니까 조금만 기다려요."

그런 일이 계속 반복되었다. 원인을 모르기 때문에 의사 선생님이 쉴 새 없이 드나들며 내 상태를 살폈다. 해열제를 쓰면 조금 좋아졌지만, 그것도 잠시뿐이었다.

열 때문에 힘든 것에 더해 온몸이 가려웠다. 손, 턱, 가슴, 머리…… 사고로 마비되지 않은 신체 부위는 가리지 않고 근질근질했다.

"팔이 가려우니까 연고 좀 발라주세요."

"머리카락이 찝찝해."

언제부턴가 나는 주문이 많은 환자가 되어 있었다.

원래 참을성이 강한 성격이라 한계에 이를 때까지는 무리를 해서라도 참는 편이었는데, 그때만은 친구가 병문안을 와도 기분이 너무 나빠서 도저히 만날 수 없는 일이 계속되었다.

"학교 친구가 찾아왔다. 잠깐 볼 수 있겠니?"

"보고는 싶은데 추워서 이불에서 나가고 싶지 않아. 모처럼 찾아와주었는데……."

"미안하지만 친구한테는 양해를 구해야 되겠구나."

여전히 발열의 원인은 알 수 없었다. 혈액검사로는 간 기능의 수치가 상승했고, 혈구가 급격하게 감소되어 있었다.

나에게 자세한 설명은 해주지 않았지만 혈액검사 결과가 매우 위험한 상태를 나타내고 있었다. 혈소판도 감소되어 있었기 때문에 가렵다고 너무 긁어서 출혈이 되면 피가 멈추지 않게 되었다. 깨닫고 보니 내 병실에 들어올 수 있는 사람은 병원 직원들과 친척들뿐이었다. 그들도 들어오기 전에 손을 살균하고 가운을 입고서야 들어올 수 있었다. 나머지는 면회 사절.

원인을 밝히기 위해 검사가 계속되었다. 목을 수술했을 때는 수혈을 하지 않았는데 혈구 감소가 멈추지 않아서 결국 수혈하게 되었다. 헌혈이 중요한 것은 분명한 사실이지만 다른 사람의 피가 실제로 내 몸에 들어오니 기분이 복잡했다. 폐로 수분이 새어나와 고이는 폐수종이라는 폐질환도 발병해서 호흡 곤란으로 답답함을 느끼게 되었다.

어렵게 자발호흡을 회복했는데, 또다시 산소흡입으로 되돌아가 버렸다. 사태가 매우 심각하다는 것은 분위기로 알고 있었지만 미쓰자와 선생님도 엄마도 내 목숨이 위험하다는 말 따위는 한 마디도 하지 않았다.

발열하고 나서 4일 후 마침내 하나의 질환이 의심되었다.

'혈구탐식증후군'

면역세포가 폭주하며 혈구를 잡아먹는 질환으로 나는 폐렴이 원인이 되어 발병한 것으로 보였다.

그 외에는 달리 의심되는 질환이 없었기 때문에 필시 이 병이 틀림없다고 마침내 병명이 정해졌다. 그리고 치료가 시작되어서 면역억제제와 대량의 스테로이드가 투여되었다. 부작용이 우려되었지만 다른 치료법이 없었다.

나중에 알게 된 사실이지만 만약에 이 약이 듣지 않았다면 내 목숨이 위험할 뻔했다. 다행히 약이 들어서 서서히 열도 내려갔고 혈액검사의

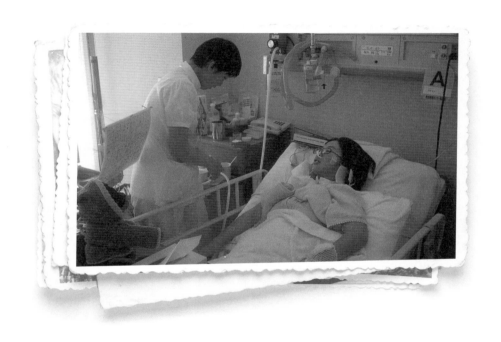

사고로부터 약 1개월 후. 일반 병동에서
혈구탐식증후군과 격투 중.

수치도 개선되었다. 선생님도 가족들도 병실 밖에서는 꽤나 초조했던 모양이다. 그러나 나는 설마 내가 또다시 죽을 고비를 맞이하리라고는 생각도 못했다. 만약 그런 사실을 알았다면 마음이 약해져서 이겨내지 못했을지도 모른다.

그때 나에게 알려주지 않은 것이 천만다행이었다고 생각한다.

나는 두 번이나 목숨을 건졌다. 의학의 진보와 의료진에게 깊은 감사의 마음을 전한다.

처음 알게 된
사고 상황

마음에 여유가 생기자 사고 당시의 상황이 궁금해졌다. 물론 열차가 탈선한 것은 알고 있었지만 그 외에는 내 몸에 닥친 상황만 알 뿐이었다.

"큰 사고였지? 죽은 사람도 있어?"

나는 엄마에게 물었다.

"네가 타고 있던 1번 객차에서도 많은 사람이 죽었어."

물어보면 대답은 해주었지만 내 앞에서는 아무도 자세한 사고 이야기는 하지 않았다.

"사고 상황을 알고 싶은데……."

"알고 싶어도 조금만 기다려."

돌아오는 답은 언제나 같았다.

강한 정신적 충격에 의한 심적 외상 후 스트레스 장애(PTSD)도 진단을 받은 상태라 신경정신과 선생님이 사고 상황에 대해 알려주는 것을 막고 있는 듯했다.

알고 싶은 마음과 그렇게 비참한 사고였다면 모르는 게 나을지도 모른다는 마음이 뒤섞여 있었다. 그래도 역시 궁금했다. 그때 도대체 무슨 일이 일어났을까?

그러다 사고가 일어나고 한 달이 조금 더 흘렀을 때 선생님의 허락이 떨어져서 엄마가 병실에서 단어를 고르듯이 조심스럽게 사고 상황을 설명해주었다. 그리고 하늘에서 찍은 사진과 당시의 신문 기사도 보여주었다. 사진에는 어느 것이 1번 객차이고 2번 객차인지도 모를 정도로 엉망이 된 열차가 찍혀 있었다.

"이 사진을 봐도 뭐가 어떻게 된 건지 잘 모르겠어."

"커브를 돌지 못하고 탈선했어. 이게 2번 객차이고 1번 객차는 아파트로 돌진해서 이 사진에서는 보이지 않아."

"그랬구나."

사고 현장 사진. 2번 객차가 심하게 파손되어 있다.

상황을 이해하는 데 시간이 걸렸다. 엄마도 어디까지 말해주어야 되는지 내 모습을 보면서 가늠하며 설명해주었다.

"아래가 주차장인데 1번 객차는 주차장에 완전히 처박혔고, 2번 객차는 아파트를 휘감듯이 격돌했고, 이것이 3번 객차야."

2번 객차의 찌부러진 차체를 보고 할 말을 잃었다. 이곳에 사람이 타고 있었다고는 생각하고 싶지 않았다. 얼굴에서 핏기가 싹 가셨다. 간신히 듣고만 있을 뿐 대꾸할 말이 없었다.

"1번 객차와 2번 객차에는 죽은 사람이 많았어. 주차장에 세워둔 차에서 휘발유가 흘러나와 구조 활동도 어려웠고."

"아아, 역시 그 냄새가 기름 냄새였구나."

"1번 객차는 특히 앞쪽이 피해가 컸어."

자기가 타고 있는 열차가 탈선해서 아파트에 처박힐 것이라고 감히 누가 생각이나 했겠는가.

사고는 내 상상을 훨씬 뛰어넘을 정도로 심각했다.

'조금만 더 앞쪽에 탔었다면…….'

'휘발유에 불이 붙었다면…….'

그렇게 생각하자 한기가 밀려오며 몸이 떨렸다.

당시 현장의 노선은 통제되고 있었고, 사고 원인도 아직 명확하게는 발표되지 않은 상황이었다.

"사고 날엔 텔레비전에서 즉각 특별보도 프로그램으로 편성해서 하루 종일 탈선사고를 보도했단다."

텔레비전에서 특별보도 프로그램을 편성한 일은 '한신·아와지 대지진' 때와 '미국의 동시 다발 테러' 때밖에 없었던 것으로 기억하고 있었던 터라 그 사고가 세상에 얼마나 큰 충격을 주었는지 자연스럽게 상상이 되었다.

그 후에도 자세한 상황에 대해 들었지만, 한 달 동안이나 정보로부터 차단되어 제때 알지 못한 탓인지 내가 사고 당사자라는 실감이 나지 않았다.

'그랬었군.' 하고 한 걸음 물러서서 보고 있는 느낌. 사진을 봐도 내가 관련되어 있다는 실감은 이상하게 희박했다.

어디로 갔는지 알 수 없었던 가방과 신발도 우리 집에 돌아와 있었다.

전체적으로 물에 젖은 흔적이 있었고, 누구 것인지 모르는 피가 묻어 있었다. 가방 안에 있던 물건은 대부분이 파손되었고, 유리 조각 같은 파편도 들어 있었다.

"아, 이건 내가 아끼던 MD였는데."

외할아버지가 사주신 6년쯤 애용하던 MD플레이어도 휘어서 열리지 않았다. 케이스에 넣어두었던 안경도 렌즈가 박살 나 있었다. 휴대전화기도 물에 잠겼던 흔적이 있었다.

그중에서도 나를 가장 놀라게 한 것은 지갑의 내용물이었다.

겉으로는 아무 피해도 없는 것처럼 보이는 반지갑이었지만 안에 들어 있던 1,000엔짜리 지폐를 꺼내 보니 접힌 부분을 따라 세로로 둘로 찢어져 있었다. 오싹했다. 지갑에도 들어 있었고, 가방에도 들어 있었는데 말이다. 그렇다면 이렇게 작은 것에도 외부로부터의 충격이 엄청났다는 것이리라.

목뼈가 부러진 것은 중상임에는 틀림없지만 목뼈 골절과 폐좌상 정도로 끝난 것은 아무리 생각해봐도 천행이었다.

지금 이렇게 살아 있는 것이 기적이었다.

움직이지 않는 몸 때문에
눈물짓던 고독한 밤

먹을 수 있을 정도로는 회복되었어도 여전히 목 아래는 움직일 기미가 없었다. 의사 선생님과 가족은 아무 말도 하지 않았지만 몸을 더 이상 움직일 수 없다는 것은 나도 알고 있었다. 다리에 저리는 느낌은 남아 있었기 때문에 다리가 붙어 있다는 것은 알았지만, 만져도 모르고 온도도 느낄 수 없었다. 아무리 움직이려고 해도 전혀 힘이 들어가지 않았다.

구명구급센터에 있었을 때는 생사의 갈림길에서 숨을 쉬기가 괴롭고, 몸이 나른해서 빨리 어떻게든 해주길 바라는 마음밖에 없었다. 그러나 회복 중에 있는 지금은 내 상황이 어떤지 생각할 수 있게 되었다.

'몸이 움직이지 않아.'

설마 내 몸에 이런 일이 일어나다니. 악몽을 꾸고 있다고 생각하고 싶었다.

조금이라도 회복될 가망은 있을까? 휠체어는 탈 수 있을까?

가장 불안한 것은 가족이 짊어질 부담이었다. 만약 내가 이대로 움직이지 못하고 평생 누군가의 개호가 필요한 상태라면 육체적으로나 정신적으로나 가족에게 큰 부담을 주게 된다. 텔레비전 특집 프로그램에서 본 공적인 개호 서비스를 제대로 받지 못해서 피폐해진 가족들의 모습이 떠올랐다. 그리고 가족이 다 떠나고 난 후 남겨진 장애인이 자신의 생활을 걱정하고 있는 모습. 그런 생각만으로도 미안하고 눈앞이 캄캄해졌다.

그날 차라리 지각할 걸 그랬다. 그 열차를 타지 않았다면. 손잡이를 좀 더 꽉 잡고 있었다면……. 후회만이 머리를 스친다. 비참함이 더욱 심해진다.

가족이나 친구들과 이야기를 나누는 것이 괴로워졌다. 밖에 나가 평소와 다름없는 일상을 보내고 있는 모습이 부러웠고, 그렇게 할 수 없는 나에게 화가 났다.

"매일 병문안을 오지 않아도 돼. 피곤해. 외할아버지한테도 오지 않아도 된다고 말씀드려줘."

별로 하고 싶지 않은 말이었지만, 그런 마음을 감추고 엄마에게 말했다.

매일 15시부터 밤까지 누군가가 항상 내 병실에 와 있었기 때문에 나 혼자만의 시간을 갖고 싶다는 이유도 있었다. 얼마 전까지는 혼자 있는 시간이 불안해서 견딜 수 없었는데, 참 제멋대로다.

혼자 멍하니 텔레비전을 보고 있는 것이 아무 생각도 떠올리지 않을 수 있는 가장 좋은 방법이었다. 병실에 가족이라는 존재가 있는 것이 싫어서 "1층 카페라도 다녀와."라고 몇 번이나 재촉했다.

"엄마랑 있는 게 그렇게 싫으니?"

정곡을 찔렸다.

"텔레비전을 보면서 혼자 있어도 되니까 집에 가도 돼."

그렇게 말하면 엄마는 병실 내의 내 시선이 닿지 않는 곳으로 의자를 옮겨서 슬픈 표정으로 앉아 있었다.

'좋겠다. 다들 자유롭게 밖에 나가서 먹고 싶은 것도 먹을 수 있고.'

'나도 쇼핑하러 가고 싶어.'

'밖에 놀러 나가고 싶어.'

머릿속에서는 못난 생각밖에 떠오르지 않았다. 실은 그런 식으로 생각하고 싶지 않았다. 생각하고 싶지 않으니까 더 힘들었다. 혈구탐식증후군 탓에 면역력이 떨어져서 병실에서조차 나가지 못하고 침대 위에 있을 수밖에 없는 나는 오로지 현실과 싸우고 있었다.

일반 병동으로 옮기고 나서 마음의 얼룩은 날마다 커져만 갔다.

그날 밤도 수면제를 받아서 먹었지만 좀처럼 잠을 이룰 수 없었다. 텔레비전도 일반 방송은 다 끝나고 쇼핑 관련 프로그램만 하고 있었다. 인기척도 없고, 자연스럽게 나는 내가 처한 상황에 대해 생각하게 되었다.

기분이 멋대로 흥분하는 것을 어떻게 할 수가 없었다. 간호사에게 부탁해서 안정제를 받았다.

"잠을 잘 수 없니? 괜찮아?"

다정한 목소리를 듣자 억누르고 있던 감정이 일시에 폭발하여 눈물이 흘러나왔다. 다른 사람 앞에서는 울지 않겠다고 마음먹고 있었는데.

"다리가 움직이지 않아!"

나는 호소했다.

"걷고 싶어! 달리고 싶어! 개와 함께 놀고 싶어!"

지금까지 마음에 담아두었던 말들이 한꺼번에 터져 나왔다. 울음을 그치려고 해도 그칠 수 없었다.

"아이코, 그렇게 다 털어놓고 실컷 울어."

간호사는 잠시 아무 말도 않고 들어주었다.

"다시 다이너와 프리스비를 하고 싶어."

"친구들과 놀러 가고 싶어."

나는 두 시간 동안 그렇게 울면서 속에 있던 말들을 다 털어놓았다. 간호사는 근무 시간이 끝났는데도 옆에 계속 있어주었다.

"물은 말이지, 마음을 안정시켜주니까 따뜻한 물로 손을 씻겨줄게."

마음이 조금씩 안정되기 시작했을 때 간호사가 따뜻한 물과 세면기를 가져와서 손을 씻겨주었다. 손에 느껴지는 촉촉하고 따뜻한 물의 감촉이 기분 좋다. 울다 지치기도 했고, 마침내 마음을 진정시킬 수 있었다. 새벽 3시가 지나고 있었다.

그 이후 그때처럼 감정을 털어놓은 적은 없었지만, 마음을 달래려고 침대 난간에 내 손등을 부딪치게 되었다.

'아무것도 할 수 없게 됐어. 뭔가 할 수 있는 게 있을까?'

머릿속에 하지 못하게 된 일만이 떠올랐다. 많은 사람들 덕분에 간신히 목숨을 건진 주제에 말이다.

'그때 차라리 죽는 게 나았을지도 몰라.'

목소리를 내서 말한 적은 없었지만 치밀어 오르는 생각을 어떻게 할 수가 없었다.

슬퍼서 울기 시작했다. 절망의 한가운데에서. 어떻게든 해볼 수조차 없는 현실을 받아들일 수 없었다. 머리가 이상해지는 것 같았다.

차라리 마취를 해서 잠이 드는 게 나았을 텐데.

나만의 잘못된 생각에서
벗어나게 해준 말

'사고가 일어나기 전으로 돌아갈 수 있다면 얼마나 좋을까?'

몇 번이나 그렇게 생각했는지 모른다.

사고를 일으킨 기관사나 JR을 원망하면 편안해질까 싶었지만, 얼굴은 커녕 이름도 모르는 상대에게 화를 내는 것은 참으로 어려운 일이었다.

"JR 직원이 만나고 싶다는데 어떻게 하겠니?"

이따금 엄마가 나에게 그렇게 물었지만 난 그때마다 거절했다. 만나면 마음이 더 상할지도 몰랐기 때문이다. 하지만 그날은 잠깐 인사만 하자는 엄마의 강요에 마지못해 만나기로 했다. 무슨 말을 해야 할지 고민이 되었다.

양복을 입은 두 남자가 들어왔다.

"지난번 저희가 일으킨 사고로 다치시게 된 점 진심으로 사과드립니다."

그들은 고개를 깊숙이 숙였다. 그때 나는 머릿속에 떠오른 한마디만 전했다.

"다치기 전으로 되돌아가게 해줄 수 있나요?"

다른 말을 찾을 수 없었고, 그 외에는 아무것도 원하는 것이 없었기 때문이다. 건강했던 시절로 돌아가게만 해주면.

"회사로서는 최선을 다해서 할 수 있는 조치는 다 하겠습니다."

그들은 다시 한 번 죄송하다는 듯 고개를 숙였다. 그리고 더 이상 아무 말도 없었다.

이 두 사람이 직접적으로 잘못한 것은 없다. 그래서 그런지 쓸데없이 어쩔 도리가 없다는 생각이 점점 심해지면서 나를 괴롭혔다.

수술은 미쓰자와 선생님과 사카시타 선생님이 담당했지만, 주 1회 정도 다른 의사 선생님들도 저마다 내 상태를 보러 와주었다. 잠깐의 회진 같은 것으로 평소와 딱히 달라진 점이 없었기 때문에 기본적으로는 인사 정도.

"몸은 어때요?"

"특별한 이상은 없습니다."

"다행이군요. 또 올게요."

어떤 선생님은 이런 가벼운 대화만을 반복했다. 물론 미쓰자와 선생님과 사카시타 선생님도 내 상태를 보러 와주었다.

사카시타 선생님은 직책이 높아서 병실에는 자주 모습을 보이지 않지만, 어쩐지 인망이 두터운 분 같았다. 병실에 오면 늘 "점점 좋아지고 있어."라고 말씀해주시는 목소리에 이상한 안도감을 느꼈다.

어느 날 사카시타 선생님이 오랜만에 병실에 찾아왔다.

"잘 있었니?"

밤중에 울던 일이나 마음을 달래려고 침대 난간을 손으로 치던 일을 알고 있는지는 모른다. 어쩌면 대화를 나눌 때 힘이 없는 것을 느꼈는지도 모른다.

선생님이 침대 옆에 있는 의자에 앉아서 나에게 말했다.

"약이 잘 들어서 발열도 치료되었으니 다행이네. 그 후로 힘들진 않지?"

"네, 컨디션은 좋아요. 그런데 도통 잠을 못 자서 밤낮이 바뀌었어요."

"오늘 가족은 아직 안 오셨니?"

"아마 저녁때 올 거예요. 병원에만 계속 붙어 있지 않아도 된다고 말했거든요."

그러자 선생님이 갑자기 목소리에 힘을 주어 말했다.

"처음 병원에 왔을 때 가족이 뭐라고 했는지 아니? 어떤 형태로든 목숨만 붙어 있게 해달라고 하더구나. 꼭 살려만 달라고."

너무나 갑작스러운 말에 나는 할 말을 찾을 수 없었다. 분위기가 순식간에 무거워졌다.

"네."

고개를 숙이면서 간신히 목소리를 짜내 대답했다.

그때의 나로서는 가장 듣고 싶지 않은 말이었다. 하지만 가장 맞는 말이기도 했다.

'차라리 죽는 게 낫지 않았을까?'

이런 생각은 나 스스로도 잘못된 생각이라는 것은 알고 있었다. 나는 그저 지금 처한 상황에서 어떻게든 도망치고 싶었을 뿐이다.

너무나 충격이 큰 말을 들은 탓에 그 후의 대화는 머리에 들어오지 않았다. 선생님에게 그런 말을 하게 한 나 자신이 칠칠치 못했다.

그러나 이 말 덕분에 나는 깨달은 바가 있었다.

인간의 목숨에 대해. 죽는 게 낫다니, 생각할 가치조차 없는 말이었다. 주위에선 살아 있어서 다행이라고, 병원에도 매일 찾아와주는데 어떻게 내 멋대로 그런 잘못된 생각을 하고 있었는지.

그런 사고를 당하고도 기적적으로 목숨을 구하고, 지금 이렇게 사람들과 이야기를 나누며 함께 있을 수 있다는 것만으로도 충분하지 않은가. 나는 그날 이후로 아무리 나쁜 상황에 빠져도 죽는 게 낫다는 식으로는 생각하지 않기로 마음먹었다.

현재에 충실하기로
결심하다

내가 입원해 있는 동안 가장 큰 피해를 보고 있는 것은 집에 있는 세 마리의 개였다.

엄마는 나한테 신경 쓰느라 개들을 데리고 산책할 시간을 낼 수 없었다. 여동생은 학교, 아빠는 일 때문에 밤늦게야 집에 돌아왔다. 당연히 집에는 개들만 있는 시간이 길어질 테니 스트레스가 이만저만이 아닐 것이다. 개들 밥도 도다 아주머니와 사토 아주머니를 비롯해 이웃 아주머니들이 번갈아가며 챙겨주고 있었다.

사고 이후 개는 한 번도 만나지 못했다. 면역력이 떨어져 있어서 또다시 균에 감염되어 염증이라도 생기면 큰일이라 병원 밖으로 나가는 일이 좀처럼 허락되지 않았던 것이다. 그러다 치료가 효과를 봐서 혈구탐식증후군도 재발할 조짐이 없었기 때문에 병실 밖, 병원 부지 내에 있는 정원, 병원 부지 밖으로 서서히 움직여도 되는 장소가 늘어났다.

엄마가 전에 "밖에 나갈 수 있게 되면 병원 뒤편에 있는 공원으로 개들을 데리고 올게."라고 약속한 적이 있어서 나는 이제 곧 만날 수 있겠구나 하고 목이 빠져라 기다렸다.

그때까지는 근처에 사는 애견 친구들이 가져다준 우리 개들의 사진과

엽서로 참았다.

사고로부터 2개월이 흘렀을 무렵에는 호흡도 꽤 안정되었고, 호흡부전을 일으킬 가능성도 낮아져 있었다. 이제 괜찮을 것이라는 의사 선생님의 허락이 떨어져서 마침내 기관 절개부를 막게 되었다. 정말로 긴 시간이었다. 이것으로 다스베이더와도 안녕.

매일 몇 시간 간격으로 이루어지는 가래 제거와 2주일에 한 번 플라스틱 관을 교체하는 일도 더 이상 하지 않아도 된다.

기관 절개부의 구멍을 막는 방법은 뜻밖에도 목에 뚫린 구멍에 테이프를 붙여서 새살이 돋을 때까지 기다리는 것뿐이었다. 호흡기가 없어져서 훨씬 편해지기는 했지만 한동안은 목에 뚫린 구멍으로 공기가 새어나와서 왠지 느낌이 이상했다. 테이프만 붙이고 있어도 괜찮을까 싶어서 걱정이 되었지만 새살이 금방 돋아서 구멍은 메워졌다. 이제 곧 개들을 만날 수 있다.

그날은 금방 찾아왔다. 마침내 의사 선생님의 허락이 떨어졌던 것이다. 세균에 감염되지 않도록 마스크를 쓰고, 되도록 만지지 말라는 충고를 들었다.

"날 기억하고 있을까? 나에게 와줄까?"

휠체어를 타고 있는 내 모습을 처음 본 개들은 어떤 반응을 보일까?

그 주 주말 병원 후문에 개들이 와 있다는 연락을 받았다. 나는 엄마와 간호사의 부축을 받으며 긴장된 마음으로 개들을 만나러 나갔다.

"괜찮아, 냄새로 알아볼 수 있을 거야."

병원 후문 너머에 여동생과 외할아버지가 세 마리의 리드 줄을 잡고 있는 모습이 보였다.

"아농, 사라, 다이너야!"

자동문이 열리고 세 마리의 모습을 확인했다.

"이제야 만났구나! 하나도 달라진 게 없어."

"아이코란다, 알아보겠니?"

엄마가 개들에게 말했다.

"아농, 사라, 다이너, 이리 와."

혼신의 힘을 다해 불렀다.

아농은 나를 알아보고 반가운 표정으로 와주었다. 목에 깁스를 하고 있던 나는 바로 아래쪽을 보는 것이 힘들었다. 다리가 짧은 아농은 일어 서봐야 별로 가까워지지 않았기 때문에 엄마에게 안아달라고 해서 겨우 얘기를 나눌 수 있었다.

"아농, 잘 지냈니?"

아농은 내 얼굴을 보자 좀 더 가까이 오려는 듯 엄마의 품에서 버둥거 렸다.

"미안, 집에 못 가서. 조금만 더 기다려줄래? 집에 돌아가면 실컷 놀아

평소에는 활발한 아농, 여덟 살.

줄게."

늘 그렇듯 붙임성이 있는 아농이었다.

사라도 시력은 좋지 않지만 내 냄새를 알아보았는지 휠체어를 두려워하지도 않고 다가와서는 휠체어 냄새를 맡고 이상하다는 듯 주위를 우왕좌왕했다.

"사라야, 오랜만이다! 나 알아보겠니?"

그렇게 말하자 사라는 목소리가 나는 쪽으로 고개를 돌리고 반갑다는 듯 꼬리를 흔들었다.

"알아보나 봐. 다행이다."

내 냄새를 대충 확인하자 바로 다음 냄새를 맡으러 우왕좌왕했다. 주위에 신경 쓰지 않고 멋대로 구는 모습도 여전했다.

그런데 나머지 한 마리는 시간이 아무리 흘러도 나에게 와주지 않았다. 내 쪽을 돌아보지도 않고 완전히 무시하고 있는 듯했다. 휠체어를 타고 있는 내 모습이 이상했을까? 아니면 두 달이나 방치된 것에 화가 났을까?

"다이너, 이리 와."

불러보아도 근처까지는 오지만 나와 눈을 맞추려고는 하지 않았다. 서먹서먹했다. 평소 같으면 꼬리를 흔들며 쏜살같이 달려왔을 텐데.

"역시 화가 난 모양이구나?"

조금은 섭섭한 마음과 미안한 마음이 복잡하게 얽혀 있었다. 다이너가 어떻게 생각하고 있는지 알고 싶었다.

어쨌든 이렇게 다시 살아서 만날 수 있어서 정말 다행이었다.

개는 참 희한한 생물이라는 생각이 든다. 개를 보고 있으면 자연스럽게 삶의 에너지가 솟는다. 개와 마주하고 있을 때는 후유증이 있는 것을 잊게 된다.

특히 사라는 다른 개보다 눈이 좋지 않은데도 "그게 뭐 어때서?"라고 말하듯이 자신의 감정에 충실하게 살고 있다. 만약 내가 눈이 나빴다면 비탄에 잠겨서 더욱 움츠러들었을 것이다. 나는 나의 변화에 박살 나 있었지만 사라를 보고 있으니 본질이 변한 것은 아니다, 이대로 사는 것도 괜찮다는 것을 깨닫게 되었다.

개는 과거를 비관하지 않고 현재에 최선을 다해 살고 있다. 나도 과거에 얽매이지 않고 지금을 충실하게 살자고 마음먹었다.

그날 다이너는 끝까지 이상하다는 듯 행동하며 나와 눈을 맞춰주지 않았다.

두 달이나 공백이 있었다. 나는 초조해하지 않고 시간이 해결해주기를 기다리기로 했다.

'할 수 없다'에서
'할 수 있다'로 바뀌다

6월 27일, 혈액검사 결과가 계속 정상 수치를 유지하자 마침내 병원 내 재활과에서 재활치료를 받을 수 있게 되었다. 큰 진척이었다.

지금까지도 병실로 물리치료사가 찾아와서 팔과 다리를 움직이게 해 주고는 있었지만 누워서 할 수 있는 재활치료에는 한계가 있었다. 두 달이나 침대에 누워만 있었기 때문에 몸무게는 6킬로그램이 줄었고, 근육량은 거의 없었다.

마비는 우반신보다도 좌반신 쪽이 심했다. 오른손은 손목 아래로 마비가 남아 있었지만, 왼손은 손목을 움직이기 어려운 방향이 있었고, 팔을 뻗는 동작에도 마비가 남아 있었다. 복근과 배근도 사용할 수 없었기 때문에 누운 상태에서 혼자 힘으로 일어날 수 없었다.

재활치료는 작업요법(치료를 목적으로 환자가 일, 놀이, 자가 간호 등의 활동을 하는 것)과 물리치료를 병행했다. 작업요법에서는 보드게임을 통해 물건을 잡는 연습을 했다. 게임 자체는 좋아했지만 물건을 좀처럼 생각대로 잡을 수가 없었다. 지름 1센티미터, 길이 5센티미터 정도의 원기둥을 오른손과 왼손으로 각각 잡는 연습을 했다. 잡는다고는 했지만 실제로는 집게손가락과 가운뎃손가락 사이에 끼우는 것에 불과했다. 처음엔 하나를 잡는 데도 몇 분이나 걸려서 게임이 되지 않았다.

"이 게임이 재미있긴 한데 잡을 수가 없어서 하질 못하겠어."

재활치료에 따라와준 엄마한테 푸념을 했다.

"이렇게 하면 할 수 있잖아?"

옆에서 엄마의 스파르타식 지도가 날아왔다.

"할 수 있었으면 벌써 했지."

나는 퉁명스럽게 대꾸했다.

즐겁게는 하고 있었지만 지금까지 아무 문제도 없이 할 수 있었던 동작을 할 수 없다는 것이 나를 답답하게 했다.

한편 물리치료는 정교한 작업을 할 필요가 없기 때문에 초조해할 일이 없었다. 나는 앉아 있는 자세를 유지하거나 돌아눕는 동작을 연습할 뿐이었다.

"저항을 가할 테니 팔을 뻗어보세요."

물리치료사의 말에 팔을 뻗어보려고 했지만 근력이 너무 없어서 팔에 힘이 들어가지 않았다. 조금만 움직여도 숨이 찼다.

재활치료를 시작하고 나서 휠체어에 앉아 있는 시간도 늘어났다. 아무리 해도 혼자 힘으로는 병원 매점조차 갈 수 없었지만 침대에만 누워 있지 않는 것만으로도 자유를 되찾은 것 같은 기분이었다. 하지만 여전히 할 수 없는 것이 너무나 많았다.

돈도 손에 쥘 수 없기 때문에 쇼핑하러 갈 수 없을지도 모른다.

운전은커녕 차에 탈 수조차 없다.

혼자 요리를 만들 수도 없다.

여행도 갈 수 없다.

우울해 해봤자 그런 것들을 할 수 있게 되는 것도 아니다.

받아들일 수밖에 없다고 이해는 하고 있었지만 그때는 아직 어려웠다.

시간은 많았기 때문에 오후에 엄마와 병원 안팎을 산책하는 것이 일과가 되었다. 아주 가끔 개도 데리고 왔다. 다이너는 여전히 내 얼굴을 보지 않았지만, 나를 걱정하는 모습을 보여주어서 전보다는 조금 거리가 가까워졌다는 느낌을 받았다. 그러다 다이너가 가장 좋아하는 프리스비를 무릎 위에 놓자 프리스비에 끌려 다가왔다.

"한 번 던져볼래?"

"프리스비를 잡을 수도 없는데 무리야."

할 수 없는 일을 권하는 엄마가 원망스러웠다.

"양손에 끼우듯이 잡고 떨어뜨리는 식으로만 해도 돼."

즉각 해보았다. 그러자 다이너는 거의 바로 아래에 떨어진 프리스비를 물려고 해주었다. 거리는 없었지만 꼬리를 흔들며 기뻐하고 있었다.

"혹시 지금 나 다이너와 논 거야? 논 거 맞지?"

다이너는 프리스비를 물고 다시 던져주기를 바라듯이 나를 보고 있었다.

작은 소통이었지만 분명히 다이너와 프리스비로 놀았다.

사소한 일이었지만 할 수 없다고 생각했던 일을 할 수 있었던 것이다. 프리스비로 논다고 하면 전처럼 프리스비를 멀리 던지며 노는 것을 떠올리겠지만 가만히 생각해보면 거리는 상관없었다.

또다시 개가 가르쳐주었다.

'할 수 있다.'고 인식을 바꾸면 되는 것이었다.

그 행위의 본질을 볼 수 있으면 되는 것일지도 모른다. 예를 들어 돈을 손에 쥘 수 없다면 점원에게 지갑에서 돈을 빼달라고 부탁하는 방법도 있고, 전자화폐로 지불할 수도 있다. 그렇게 깨닫고 나니 마음도 가벼워졌다.

할 수 없는 것에만 시선을 향하고 있으면 아무것도 할 수 없는 사람으로 생각하게 되지만, 어떻게 하면 할 수 있게 되는지, '할 수 있다'고 생각하면 된다. 다이너는 생각지도 못한 방법으로 나를 일깨워주었다.

그 당시엔 지금처럼 스마트폰이 없었기 때문에 버튼을 누르는 휴대전화를 사용했다. 버튼도 작고 움푹 들어가 있어서 손가락을 쓰지 못하는 나는 문자 한 통을 보내는 데도 많은 시간이 걸렸다. 그것을 본 작업요법사 선생님이 버튼을 누르기 쉽도록 나무로 버튼을 누르는 도구를 만들어주었다.

내 손가락이 굽은 정도에 맞춰서 손바닥에 딱 맞도록 나무를 깎고 그 나무에 버튼을 누르는 작은 막대를 붙여주었다. 전보다 버튼을 누르기가 쉬워졌다. 잠깐의 궁리로 사용 편리성이 크게 달라졌다.

'할 수 있는 것'을 보려고 생각을 바꿨더니 일상생활 속에서도 할 수 있는 것이 의외로 많았다. 포크도 손잡이가 두꺼운 개호용 포크를 사용하면 먹을 수 있다. 휠체어를 타면 이동도 할 수 있다. 재활치료가 진행되면 할 수 있는 것도 더 많이 늘어날 것이다.

작은 성공 체험이었지만 이런 체험을 거듭해가다 보면 할 수 있는 것이 점점 늘어난다는 것을 깨달았다.

마음에도 물이 필요하다

내가 입원해 있는 병원은 급성기 의료 병원이었기 때문에 3개월 이상은 입원할 수 없어서 재활치료를 위해 다른 병원으로 옮겨야만 했다.

지금 있는 병원은 이용자가 많아서 활기가 있고, 병원식도 꽤 맛있었다. 무엇보다도 환자와 의사·간호사의 거리가 가깝다고 느끼고 있었다. 그래서 나는 다른 병원으로 옮기는 것이 내키지가 않았지만, 제도로 정해져 있는 이상 어쩔 수가 없었다. 게다가 척추가 손상된 환자는 재활 치료에 전문 지식을 갖추고 진료해주는 병원으로 옮기는 것이 회복에 도 도움이 되었다.

입원하고 나서 줄곧 마음에 걸리던 것이 하나 있었다. 7월에 예정되어 있던 나카시마 미카의 콘서트였다. 전국 투어를 할 때면 매번 빼놓지 않고 보러 갔고, 사고를 당하기 전에 친구와 이미 콘서트 표까지 예매해놓은 터였다.

"미안, 못 갈지도 몰라. 난 무리일 것 같으니까 누구 다른 사람하고 같이 가."

친구에게는 그렇게 말해놓았다.

일반 병동으로 옮기고 나서도 무리일 거라고 반쯤 포기하고 있었지만 휠체어를 탈 수 있게 되자 어쩌면 갈 수 있을지도 모른다고 조금씩 희망을 갖기 시작했다.

내가 콘서트에 가고 싶어 하는 마음은 가족과 병원 직원들도 알고 있었다. 남은 것은 주치의인 미쓰자와 선생님의 허락뿐이었다.

역시 혈구탐식증후군을 앓은 탓에 면역력 저하에 의한 감염증을 일으킬 위험이 있는 것이 가장 큰 불안요소였다. 그리고 골절된 목도 플레이트로 고정하고는 있었지만 뼈가 완전하게 붙은 것이 아니라서 휠체어에 앉아 있을 때는 깁스를 해도 불안정한 상태가 된다.

"갈 수 있으면 좋겠는데."

가족도 걱정은 하면서도 어떻게든 가게 해주고 싶다고 생각해주었다.

"차라리 선생님한테 같이 가자고 말해볼까?"

"그거 좋은 생각이네. 선생님도 음악에 관심이 있는 것 같던데. 그게 제일 좋겠다."

가족과 간호사들에게서는 그런 아이디어가 속속 나왔다.

미쓰자와 선생님의 첫인상은 사귀기가 힘든 사람 같지만 이야기를 나눠보면 그렇지가 않다. 만나자마자 웃으면서 "살 좀 쪘구나?"라고 실례가 될 수 있는 말도 쉽게 할 정도로 스스럼없는 면이 있었고, 의사로서도 진중하고 신뢰가 가는 선생님이었다.

엄마가 선생님께 청해보았더니 대답은 뜻밖에도 오케이였다. 물론 조건은 있었다. 마스크를 쓰고 손 씻기와 양치질은 필수. 거기에 깁스까지.

절대로 안 된다고 할 줄 알았는데.

"올해도 갈 수 있을 것 같아!"

나는 바로 친구에게 연락하고, 같이 가는 선생님과 가족의 표까지 석장을 추가로 예매했다. 항상 매진이었는데 표를 살 수 있었던 것도 기적이었다.

나는 선생님이 콘서트에 가서 지루하지 않도록 미리 듣고 예습하시라고 최신 앨범을 드렸다.

두 달 반 만의 외출. 당일 아침에는 누가 깨우지 않았는데도 일찍 일어났다. 콘서트에 갈 수 있게 된 것도 기뻤지만, 병실에서는 볼 수 없는 경치를 볼 수 있다는 것이 다시 일상생활과 연결되는 것 같은 기분을 들게 했다. 세상으로부터 격리되어 있다가 마침내 돌아오게 된 것이다.

외출 시간까지 기다리는데 왜 그리도 긴지 텔레비전에서 떠드는 소리조차 하나도 귀에 들어오지 않았다.

차를 타는 것도 오랜만이었다. 목 아래로 마비되어 있었기 때문에 누군가에게 안겨서 타야만 했다. 차를 타도 혼자서 자세를 유지할 수 없었기 때문에 시트 등받이를 조금 눕히고 옆에서 엄마의 부축을 받았다.

"오랜만에 보는 오사카의 경치가 어떠니?"

"왁자지껄한 모습을 보니까 너무 반가워."

바깥 풍경을 집어삼킬 듯이 뚫어지게 바라보았다. 수없이 지나온 길을 바라보면서 이전과 달라진 것은 없는지 체크한다. 맥도날드조차 오랜만에 보니 반가웠다.

콘서트 장에는 휠체어를 타고 감상할 수 있는 공간이 마련되어 있었다. 미리 전화로 연락해놓았기 때문에 편안하게 안내를 받아 갈 수 있었다.

휠체어를 타고 사회로 복귀한 첫날이었다. 콘서트 장 내에 휠체어 사용자를 위한 배려가 되어 있는 점은 감사한 일이었지만, 한편으론 엘리베이터를 타고 이동하는 것이나 계단밖에 없는 곳은 현장 스태프의 도움을 받아야 하는 등 이동의 불편함을 통감하기도 했다.

콘서트가 시작되자 순식간에 노래의 세계로 빨려 들어가며 내가 환자라는 사실조차 잊어버렸다. 내가 가장 좋아하는 〈눈의 꽃〉과 〈사랑해요〉가 다이렉트로 가슴을 파고들었다. 콘서트가 끝날 시간이 다가옴에 따라 병원에 돌아가고 싶지 않다, 이렇게 계속 노래를 듣고 싶다, 시간이 멈췄으면 좋겠다는 따위의 생각을 몇 번이나 했는지 모른다. 음악의 힘은 헤아릴 수 없다. 그날 나는 정말로 큰 힘을 받았다.

콘서트가 끝나고 홀 밖으로 한 걸음 나오자 오가는 사람들의 이야기 소리, 배기가스의 냄새, 늘어선 빌딩, 번화가의 불빛 등 일상이 펼쳐져 있었다. 얼마 전까지는 나도 이 풍경 속에 뒤섞여 있었는데…….

오랜만에 보는 일상은 나를 짓누르고 있던 무거운 기분을 떨쳐버릴 수 있게 해주었다. 그날 밤은 외출로 꽤 피곤했는데도 기분이 한껏 들떠서 쉽게 잠을 이룰 수가 없었다.

병원을 옮기는 날이 눈앞으로 다가왔다. 재활치료를 마치고 휠체어에 앉아 있다가 미쓰자와 선생님에게 불려갔다.

선생님에게 불려간 적은 그때까지 한 번도 없었기 때문에 아아, 드디어 때가 왔구나, 하고 바로 알았다.

"지금 증상이 어떤지 설명해주려고 불렀어요."

드라마에서나 볼 법한 무거운 분위기가 기다리고 있을 거라 생각하고 갔더니 전혀 달랐다. 시원시원하고 분명하게 말하는 모습이 과연 선생님다웠다.

선생님은 간호사 대기실의 한쪽 구석에서 골절된 목의 X선 사진을 보여주면서 어떤 수술을 하고 어떤 증상인지 상세히 설명해주었다.

부러진 뼈가 경추에 박혀 있었다. 수술 후의 X선 사진에도 목에 단단히 고정되어 있는 플레이트가 찍혀 있었다.

"8센티미터에 가까운 티타늄 판이 들어 있었구나."

깁스를 하고 있어서 목을 움직일 수는 없었지만 좌우를 볼 때 위화감이 없었기 때문에 목에 플레이트가 들어가 있으리라고는 생각지도 못했다.

"보통은 앞뒤 어느 한쪽에 고정하지만 목뼈가 너무 흔들려서 앞과 뒤 양쪽에서 고정했습니다. 무리하게 목을 움직이거나 구부리면 다른 부위에 부담이 가니까 삼가세요. 그리고 한번 다친 신경은 원상태로 돌아오지 않으니까 전처럼 걸을 수 있을 만큼 회복되지는 않습니다."

더 이상 전처럼 걸을 수 없다……

어느 정도 각오는 하고 있었지만 실제로 선고를 받게 되면 어떤 정신 상태가 될지 내심 걱정하고 있었다. 그러나 충격이라고 할 정도는 아니었고, 그냥 역시 그렇구나 하는 기분이었다.

이제 곧 병원을 옮긴다.

내가 있는 병실의 창문에서는 매년 텐진마쓰리天神祭(매년 7월 25일에 열리는 일본의 3대 축제) 때 쏘아 올리는 불꽃이 보이는 모양이다.

지금까지 나를 담당하던 간호사들은 항상 그 불꽃을 내게 보여주고 싶다고 말하곤 했다. 그러나 병원을 옮기기로 예정되어 있는 날이 텐진 마쓰리의 며칠 전이었다. 그 사실을 알고 우리 가족과 간호사들은 콘서트 때처럼 선생님에게 불꽃을 보여주자고 부탁했다.

선생님은 옮겨갈 병원에는 이유를 설명하지 않고 옮기는 날짜를 기한 까지 다 채워서 텐진마쓰리 이후로 연기해주었다. 정말로 멋진 조치였다.

이처럼 마음이 따뜻한 주위 사람들 덕분에 나는 불꽃을 볼 수 있었다.

"콰앙."

휠체어에 앉아 병실 창문의 정면으로 보이는 불꽃을 가족과 함께 바라보았다.

"예쁘다……."

빨강, 노랑, 녹색의 불꽃이 하늘을 수놓았다.

'지난 3개월, 참 많이 힘들었어.'

사고 이후 내게 일어났던 일들이 주마등처럼 스쳐갔다. 호흡을 할 수 없어서 괴로웠던 일, 몸이 움직이지 않아 실의에 빠졌던 일, 안 좋은 기억이 불꽃과 함께 터져 사라지는 것 같았다.

불꽃은 병실을 환하게 비춰주었다.

앞으로의 재활치료가 순조롭게 진행되도록 배웅해주듯이.

포기부터 받아들인
재활치료

옮겨 간 병원은 미리 입수한 정보대로 재활치료에 숙련된 분위기와 어두운 느낌을 주는 병원이었다. 오사카 중심부에서 조금 떨어진 곳에 있었고, 집에서도 멀어졌다.

설령 퇴원해봤자 집은 장애물투성이이고, 거실과 침실을 오가는 데도 혼자서는 불가능하다. 하물며 집 밖으로 나오는 것은 현관 턱이 방해가 되어 무리였다.

익숙지 않은 환경에서 기분은 계속 우울해져만 갔다. 이 병원은 급성기 의료 병원이 아니었기 때문에 전에 있던 병원에 비해 간호사가 적었다. 그리고 간호사 한 명이 담당하는 환자 수도 많았기 때문에 차분히 대화를 나눌 수도 없었다.

교통편이 나빠서 병문안을 오는 사람도 줄어들었다. 1인실은 넓은 편이었지만 외부에서 들려오는 소리도 없고, 휑뎅그렁하니 형무소의 독방에 들어와 있는 듯한 착각이 나를 괴롭혔다.

당시 나는 엉덩이에 욕창이 생겨서 고통을 받고 있었다. 욕창은 장시간의 압박에 의해 피부나 피하조직이 괴사하는 것으로 누워만 있는 사람이나 마비가 있는 사람에게는 특히 주의가 필요하다. 전에 있던 병원에서 숨을 편하게 쉴 수 있는 자세로 장시간 있었더니 5센티미터 정도의 욕창이 생긴 것이다.

우선은 그것을 완치시키기 위해 병실에서 나갈 수 있는 유일한 수단인 휠체어가 금지되었다. 침대 위에 있을 수밖에 없는 나는 고독했다.

밤이 되자 너무 외로워서 이불을 머리까지 뒤집어쓰고 참았다.

"정말 싫어."

나는 몇 번이나 중얼거렸다.

친구에게 전화를 하려고 휴대전화기를 들었다. 바쁠지도 모르고, 대학 생활을 만끽하고 있는 이야기를 들으면 쓸데없이 내가 처한 상황이 슬퍼질 것 같아서 번호를 누르기 직전에 전화기를 닫았다.

병원이 쉬는 주말에는 간호사가 기분전환을 할 수 있도록 침대에 누워 있는 나를 그대로 병원 현관까지 데리고 가서 바깥 풍경을 보여주었다.

어느 날 간호사가 30분 후에 다시 데리러 온다는 말을 남기고 떠난 자리에서 엄마와 나는 바깥을 바라보고 있었다.

차와 사람 들이 오가는 일상과 나의 사이에는 보이지 않는 벽이 견고

하게 자리 잡고 있었다. 부러움과 소외감이 점점 심해졌다.

'왜 이런 못난 생각만 하고 있을까?'

그때 간신히 이어져 있던 실이 뚝 끊어진 듯한 기분이 들었다. 자연스럽게 눈물이 뺨을 타고 흘러내렸다. 홀로 남겨진 듯한 기분이 들어서 나는 조용히 울었다.

욕창이 나은 뒤로는 다시 휠체어를 타는 것이 허락되었지만 오전에는 거의 침대에서 보냈다. 아침식사를 마치고 텔레비전을 보다 보면 금방 점심식사가 나왔다. 이런 생활이 계속 반복되자 자연스럽게 뭔가를 하려는 마음이 생기지 않게 되었다.

합병증도 없고, 몸 상태도 안정되어 있었기 때문에 이제는 재활치료에만 전념하면 되었다.

재활치료를 받기 위해 휠체어에 타면 오랫동안 누워 있었던 탓에 기립성저혈압, 이른바 빈혈을 일으켜서 의식을 잃는 경우도 종종 있었다.

"아, 빈혈이 온 것 같아."

그렇게 말하는 것과 동시에 눈앞이 새하얘진다. 그러면 간호사들이 곧바로 휠체어를 뒤로 눕혀서 머리를 아래쪽으로 향하게 해준다. 그렇게 해서 의식이 돌아오면 다행이지만 정신을 차리고 보니 침대 위에 누워 있을 때도 있었다.

그날그날 기복이 있는 몸 상태에 나는 화가 났다. 답답함이 가슴속을 가득 채웠다.

재활치료는 돌아눕기나 일어나기 등 일상생활에서 필요한 기본 동작을 할 수 있게 하는 물리치료와 식사나 목욕 등 일상생활을 원활하게 하기 위한 동작을 할 수 있게 하는 작업요법을 각각 매일 30분 정도씩 하고 있었다.

재활치료에서 하는 것은 앉은 자세에서 상체를 들어 올리는 푸시업과 휠체어에서 침대로 옮겨가는 연습이 중심이었다. 마비된 팔다리를 회복시킬 수 있는 재활치료는 없었다.

척추손상으로 한 번 다친 신경은 원래 상태로 돌아오지 않는다. 따라서 몸을 회복시키는 것을 목표로 하는 것이 아니라 잔존기능을 어떻게 하면 제대로 활용하게 하느냐에 중점을 둔 재활치료였다.

조금이라도 다시 움직일 수 있게 되는 것도 재활치료의 목표라고 생각하고 있던 나는 생각하던 재활치료와는 다른 것에 충격을 받았다.

사고를 당하고 나서 누워 있거나 앉아만 있었기 때문에 내가 보는 경치는 늘 낮았다. 그래서 난 서서 보는 경치를 다시 한 번 보고 싶은 마음에 한 번만 일으켜 세워달라고 부탁한 적이 있었다. 그때 돌아온 대답은 이랬다.

"마음은 알겠는데 일어선다고 무슨 의미가 있죠? 그리고 한 사람이 일어서면 다른 사람들도 일어서고 싶어지잖아요."

척추가 손상된 환자의 재활치료는 '회복'이 아니라 '익숙해지는 것'이라는 것을 뼈저리게 느끼는 순간이었다. 그 이후 그 병원에서는 한 번도 일어서려고 한 적이 없었다.

재활치료는 희망을 갖고 하는 것이라고 생각하고 있었는데, 할 수 없는 것만 보이며 "당신 수준에서는 이 정도밖에 할 수 없으니까 그 외의 것은 포기하고 받아들이세요."라는 말을 듣는 것만 같았다.

걸을 수 있게 되는 것은 무리라고 해도 팔꿈치를 펼 수 있게 된다든가, 조금이라도 회복에 대한 희망을 갖고 싶었다. 하지만 여기서는 어려웠다. 바뀐 보람이 없는 재활치료 메뉴를 그저 소화만 하는 하루하루를 보내다 보니 기분은 점점 침울해졌다.

어느 날 밤, 침대 위에 앉아 있을 때였다.

문득 병실 바닥을 내려다보았다. 바닥까지는 60센티미터 정도. 어째서 이 정도 높이도 일어서지 못하는 거지? 어쩌면 기적이 일어나서 일어설 수 있을지도 몰라. 나는 그런 충동에 휩싸였다.

나는 간절한 바람을 담아 침대에서 다리를 내려보았다. 천천히 체중을 싣는다. 그러나 기적은 일어나지 않았다. 다리가 버티지 못하고 그대로 침대에서 미끄러지듯이 바닥으로 떨어졌다.

"후우…… 역시 안 되는 걸까……."

한숨이 나왔다.

이 병원에 입원하고 있는 동안에는 그래도 시간은 충분했지 싶은데, 아무것도 할 마음이 생기지 않아서 텔레비전만 보고 있었다. 나중에 생각하니 책을 더 읽거나 영어 공부라도 해놓았으면 좋았을 텐데, 하고 후회가 되었지만 그만큼 아무것도 할 마음이 생기지 않는 정신 상태였지 싶다.

내가 본
입원 환자들

입원 중에는 병원에서 휠체어를 빌려 이동했는데, 내 몸에 맞춰 제작한 휠체어가 아니었기 때문에 체격이 작은 나에게는 불안정하고 타기 어려운 것이었다. 휠체어를 앞으로 나아가게 할 때 힘 조절을 할 줄 몰라 휠체어가 앞으로 가는 박자에 몸이 앞으로 고꾸라진 적이 있었다. 그 이후 휠체어 공포증에 걸렸다. 지금도 낮은 턱에도 걸려 넘어지지 않을까 움츠러들곤 한다.

휠체어에 익숙해지는 것도 재활치료의 일환이었기 때문에 슬슬 나만의 휠체어를 사야 되겠다는 생각을 하게 되었다. 나에게 맞는 휠체어가 있으면 행동 범위도 넓어질지 모른다.

척추손상 환자의 재활치료를 할 수 있는 병원이라고 선전하고 있는 만큼, 이 병원에는 척추손상 환자가 열 명 전후로 입원해 있었다. 나에게는 선배격인 그들에게 어떤 휠체어를 타고 있는지, 휠체어를 고르는 요령 등을 배울 수 있었던 것은 큰 도움이 되었다.

나는 즉각 휠체어 판매업자를 불러 몸 치수를 쟀다. 앞으로 오랫동안 사용할 것이니 디자인도 마음에 드는 것으로 사고 싶었다. 그런데, 그런데. 색 선택에 실패하고 말았다.

바퀴는 회색과 빨간색, 파란색 세 가지. 프레임은 100가지 색이 넘는 것 중에서 고민을 거듭한 끝에 바퀴는 빨간색, 프레임은 짙은 녹색을 선택했다. 그런데 고르고 나서 곰곰이 생각해보니 크리스마스 색깔이었다.

한 달 후, 완성된 휠체어가 도착했다. 이게 내 휠체어구나. 나쁘지는 않았다. 그런데 매일 사용하기에는 너무 화려해서 센스가 없다는 것이 전면에 드러나고 말았다.

나에게 맞춘 휠체어였기 때문에 일상생활 속에서 할 수 있는 것도 많이 늘어났다. 예를 들면 침대로 옮겨 가는 데도 전에는 두 사람의 부축이 필요했지만 지금은 한 사람만 부축해줘도 할 수 있게 되었다. 이로 인해 저녁까지로 제한되어 있던 행동 시간을 밤까지 연장할 수 있었다.

다른 환자와의 소통도 늘어났다. 사소한 일상 대화에서부터 어쩌다 척추가 다치게 되었는지, 퇴원하면 뭘 하고 살 것인지와 같은 이야기까지 나누게 되었다. 처음엔 얼마나 깊은 이야기까지 들어가도 되는지 불안한 마음은 있었지만, 이야기를 나눠보니 대부분의 환자들이 긍정적이고 에너지가 넘치는 사람들이었다.

그중에서도 나보다 훨씬 후유증이 심한 남자가 있었다. 그는 팔을 들지도 못하고 거의 누워만 있었지만 그런 상황에서도 긍정적이고 활력이 넘쳤다. 사고로 할 수 없게 된 것은 많은데 할 수 있게 된 것에 늘 시선을 향하고 있었다.

"오늘은 도구를 사용해서 컴퓨터 키보드를 칠 수 있게 되었어. 이 도구만 있으면 많은 것이 쉽단 말이야. 메일을 보낼 수 있게 되었으니 메일 주소도 교환해야지. 재활치료도 되고, 메일도 보낼 수 있고."

그의 말투에는 긍정적인 생각과 어떻게든 살아야 되겠다는 각오가 흘러넘치고 있었다.

우물쭈물 고민하고 있던 내가 바보 같았다. 결국엔 스스로 어떻게든 할 수밖에 없다. 고민하고 있을 시간이 있다면 어떻게 할지를 생각하는 게 낫다고 새삼 깨닫게 되었다.

장애가 있는 것은 변하지 않는 사실이지만 그것을 어떻게 받아들이느냐는 것은 그 사람에게 달린 문제다.

이때의 교류를 통해 앞으로 내가 어떻게 해야 할지 확실히 생각할 수 있었다.

'사고 탓에 학교에도 가지 못하고, 취직도 할 수 없게 되었으니 불쌍도 하지.'

사람들이 나를 보고 그렇게 생각하게 하고 싶지 않았다. 지기 싫어하는 나의 성격이 끓어오르기 시작했다.

우선은 다른 사람들과 똑같이 대학을 졸업하고 싶었다.

결국
의지할 것은 사람

장기간의 입원생활에서 나에게 가장 큰 즐거움이 된 것은 병문안을 와주는 사람들이었다. 그들 덕분에 입원생활을 견딜 수 있었다고 생각한다.

구명구급센터에 있었을 때는 정말로 많은 분들이 찾아와주셨다. 사고가 나자마자 병원으로 달려와준 친구들과 애견 친구들. 의식도 분명하지 않고 인공호흡기를 단 채 팔에 점적주사를 맞고 있는 나를 보고 너무 큰 충격을 받은 나머지 병실에서 뛰쳐나가 울던 사람도 있었다고 한다.

애견 친구들이 각지에서 보내준 편지와 여럿이 한 장에 써서 보낸 응원 글에도 많은 도움을 받았다. 행운을 가져다준다는 천 마리의 학도 천 마리가 아니었다. 일반 병동의 1인실에는 둘 곳이 없을 정도로 많은 학. 1만 마리는 넘었지 싶다. 너무나 많은 양에 매달아놓은 점적대가 휘지는 않을까 걱정될 정도였다.

이것들은 보물이고, 나의 자랑이었다.

어떤 친구는 차를 몰고 병문안을 온다고 해서 자세히 물어보았더니 이제 갓 면허를 땄다는 것이다. 차로는 한 시간이면 올 거리를 집에서 나갔다고 한 뒤로 두 시간이 넘게 지나도록 오지 않았다.

밤이 되어서야 겨우 도착했는데, 그것도 면회시간이 얼마 남지 않았을 때였다.

"올 때 길을 잘못 들어서 후진하려다가 전봇대를 들이받았어."

그 친구는 웃으면서 말했다.

"차 안 찌그러졌어? 다친 데는 없고?"

"미등만 깨졌어."

아무렇지 않다는 듯 말한다. 나는 미안해서 어쩔 줄을 몰랐다.

"그 정도로 널 보러 오고 싶었어."

지금이야 웃으면서 이야기할 수 있지만 내 병문안을 하러 오는 도중에 교통사고를 당했으니 울 수도 웃을 수도 없는 참으로 난감한 상황이었다.

새삼스러운 생각인지는 모르지만 사람의 힘은 정말이지 대단하다. 특히 위기에 몰릴 때일수록 사람의 존재는 헤아릴 수 없이 크다.

결국 마지막의 마지막에 힘이 되는 것은 사람의 마음이나 사랑 같은 것이라고 느낄 수 있었다.

특별히 말은 필요 없다. 그저 옆에 있어주는 것만으로도 큰 힘이 된다.

만약 주위의 누군가가 위기에 몰린다면 그때는 내가 가장 먼저 나서서 그의 힘이 되어줄 차례라고 생각한다.

4

미래를
포기하지 않다

새로운 생활을
위한 준비

내 몸을 받아들이지 못하고 자유롭지 못한 생활을 참고 견디는 시간
이 계속되고 있었지만, 아주 조금씩 부정적인 생각을 하는 시간은 짧아
지고 있었다.

이따금 정말로 사소한 일에 침울해지는 날도 있기는 했지만 지금 생
각해보면 좋은 추억이다.

"육회가 먹고 싶어."라며 울던 아이는 이 세상에 나 외에는 없지 않을까?

사고 후 8개월의 시간이 흘렀다. 재활치료는 언제든 퇴원해도 될 정
도로 순조롭게 진행되고 있었지만, 집이 배리어 프리barrier free(장애인
이 휠체어를 타고도 집 안에서 불편 없이 활동할 수 있도록 문턱을 없애는 것)가
되어 있지 않아서 퇴원하지 못하고 있었다. 입원 생활은 처음 병원을 옮

겼을 때와 거의 달라진 것이 없었다.

달라진 것이라고는 매일 먹고 자는 생활만 반복하다 보니 몸무게가 늘어난 것 정도. 몸무게가 늘어난다는 것은 나에게 있어서는 사활이 걸린 문제이기도 했다. 마비가 남아 있는 몸을 사용하는 데 익숙해졌다고는 해도 대부분 손을 써서 움직이기 때문에 팔에는 몸무게가 그대로 부담이 되었던 것이다.

팔의 근력도 사고 전과 비교하면 절반 이하로 떨어졌다. 왼팔 같은 경우는 천장을 향해 뻗는 것조차 할 수 없었다.

어느 날 병실에서 휠체어를 탄 채 입고 있던 환자복의 옷자락을 바로 하려고 몸을 앞으로 숙였다가 다시 상반신을 일으키지 못하게 된 적이 있었다. 시간은 저녁 무렵. 내가 있는 병실은 복도의 가장 안쪽에 있는 1인실이었다.

'이거 큰일 났다! 어쩌지……?'

아무리 용을 써도 팔에 힘이 들어가지 않았다. 나는 일단 호흡을 가다듬고 팔에 힘을 잔뜩 넣어보았지만 상반신은 올라오지 않았다. 마침 간호사도 잘 오지 않는 시간대였다. 간호사 호출 벨도 멀었다. 그래도 "도와주세요!"라고 소리치기에는 창피했다. 어떻게든 상반신을 일으키려고 필사적으로 격투를 벌이기를 15분. 이제 소리를 질러서 도움을 청해야 되겠다고 생각했을 때 우연히 간호사가 병실로 들어왔다.

"어, 어떻게 된 거예요? 괜찮아요?"

"살았다! 몸을 좀 일으켜주실래요?"

"언제부터 이러고 있었어요?"

"15분쯤 전부터요. 와줘서 다행이에요. 어떻게 할까 싶었는데."

이런 사소한 위기에 처한 적도 있었지만, 재활치료는 나름대로 꾸준히 받았다.

그렇게 성실하게 재활치료를 받은 보람이 있어서 도구가 있으면 글자를 쓸 수 있게 되었다. 필기용구를 고정시킨 도구를 손에 끼우고 마우스를 조작하듯이 글자를 쓴다. 처음 연습을 시작했을 때는 80자 정도만 써도 체력이 고갈되었고, 쓴 글자도 삐뚤빼뚤해서 알아보기가 힘들었지만, 반년 후에는 무난하게 읽을 수 있게 되었다.

사고를 당한 뒤로는 계속 가지 못한 학교, 그러니까 도시샤 대학교에서는 JR 후쿠치야마 선 탈선사고로 세 명이 죽고, 30여 명이 다치는 바람에 학교 측이 특별 조치로서 출석일수가 규정에 모자라도 유급되지 않도록 배려해주었다.

"지난 1년 휴학으로 처리된 것도 재학한 것으로 할 수 있는데 어떻게 하겠습니까?"

학교에서 내 의사를 확인받으러 왔을 때 친구들과 함께 졸업하고 싶었던 나는 망설이지 않고 '재학'을 선택했다.

그 때문에 입원 중에도 리포트를 쓰거나, 경제 관련 서적을 읽는 등 조금이나마 대학생다운 일도 했다.

병원에 있는 동안 나는 성인식을 맞이했다. 출신 고등학교의 졸업생 임원들이 기획하는 성인식이 매년 열리고 있는데, 동급생 대부분이 참석한다. 후리소데振袖(일본의 전통의상 가운데 하나로, 성인식·사은회·결혼식 등에서 미혼 여성이 입는 가장 격식을 갖춘 예복. 소매가 1미터가 넘을 정도로 길다)를 입은 여자가 200명쯤 모이니까 정말로 화려하다. 미니 동창회이기도 하다.

외할머니는 몇 년 전부터 이날을 위해 후리소데를 준비해두었다. 나도 후리소데를 입고 평생 한 번밖에 없는 성인식에 참가하고 싶었다.

그러나 한편으로는 고등학교 졸업 후 2년 만에 만나는 동급생들에게 휠체어를 타고 있는 내 모습을 보여주는 것에는 약간의 거부감이 있었다. 다들 나를 따뜻하게 맞아줄 것이다. 하지만 다른 사람들의 눈에 내가 어떻게 비칠지 두려웠다. 나는 스스로 벽을 쌓고 있었다. 가고 싶은 마음과 보여주고 싶지 않은 마음이 반반이었다. 그래도 용기를 내서 참가하기로 했다.

후리소데를 입는 것도 고역이었다. 일어설 수 없기 때문에 누워서 입을 수밖에 없다. 미리 호텔의 예복 입혀주는 곳에 예약하고 외할아버지, 외할머니, 작은아빠까지 가족이 총출동했다.

"띠가 문제겠어. 휠체어의 등받이에 닿지 않게 할 수 있으면 좋으련만."

그런 걱정도 있었지만 의외로 수월하게 입을 수 있었다. 다만 앉아 있는 상태라서 배에 가해지는 압박이 심했다.

"이거 너무 힘들어."

"성인식을 하는 동안만 입고 있으면 되니까 조금만 참아."

엄마가 대수롭지 않다는 듯 말했다. 후리소데라서 휠체어를 조정하기도 어려웠다. 소매가 바퀴에 휘감기기라도 하면 다음에 입을 여동생이 화를 낼 것이다. 후리소데를 더럽히고 싶지 않은 긴장감과 배에 가해지는 압박으로 세 시간이 한계였다.

"좋구나. 후리소데를 입은 모습을 볼 수 있어서. 이제 여한이 없단다."

필사적으로 견뎌낸 보람이 있어서 외할머니도 미소를 되찾았다.

차가운 공기를 기분 좋게 느끼면서 빨간 벽돌 건물이 운치가 있는 고등학교 강당으로 향했다. 그리운 교정. 친구들을 만나기 직전에는 긴장 때문에 토할 뻔했다.

"왔다, 왔어! 오랜만이야. 잘 있었니?"

"구조되어서 다행이야! 아직 퇴원 안 했지?"

"리포트를 쓴다고? 학점 따려고?"

2006년 1월, 고등학교 같은 반 친구들과 성인식을 하던 날.

나를 본 친구들이 속사포처럼 질문을 퍼부었다. 다들 2년 전과 달라진 것이 하나도 없었다. 스스로 만들어놓았던 벽이 순식간에 와르르 소리를 내며 무너졌다.

웃는 얼굴로 맞아준 친구들을 보며 결심했다. 역시 가장 우선시해야 할 목표는 친구들과 함께 졸업하기 위해 4월에 복학하는 것이라고!

4월에 복학하기 위해서는 해둬야 할 일이 너무 많았다. 나는 엄마와 앞으로 어떻게 할지 의논을 거듭했다.

열차는 사람들이 몰릴 때가 있어서 무리이고, 차로 매번 학교까지 바래다주는 것도 현실적이지 않다. 복학하려면 대학 근처에 아파트를 빌려서 혼자 살 수밖에 없다. 혼자 있는 시간이 늘어나는 것이 불안하긴 했지만 나와 마찬가지로 경추손상을 입고 가정봉사원의 도움을 받아가며 혼자 사는 사람도 있고, 여동생도 같은 대학에 다니고 있다. 여동생더러 가끔 집에 와서 자라고 할 수도 있고, 만일의 사태가 생기면 엄마에게 도움을 청하기로 하고 나는 결국 혼자 살아보기로 했다.

"그런데 개들과 떨어져 있는 건 좀……."

매일 같이 지낼 수 없는 것은 안타깝지만 주말에 개를 보러 집에 오면 된다.

살 곳은 JR 서일본 쪽에 몇 군데 후보지가 있었다. 한 건 한 건 입지는 물론 쉽게 리모델링할 수 있는 곳인지 꼼꼼히 검토했다.

"욕실과 화장실은 휠체어로 들어갈 수 있게 넓지 않으면 안 돼."

"그리고 휠체어의 폭이 60센티미터이니까 복도 폭은 1미터 정도가 필요해."

"세면대도 휠체어를 탄 채 사용할 수 있는 휠체어 사양으로 바꿔야 하고."

엄마와 필요한 것들을 정리해 나갔다.

병원의 작업요법사에게도 생활하기 쉬운 동선에 대해 조언을 구했다.

"목욕할 때 어디에서 옷을 갈아입느냐에 따라 방 배치가 달라져요."

"그렇군요. 팔에 힘이 없으니까…… 욕실보다는 침대 위가 무난할 것 같은데."

"그럼 침실과 욕실을 오가기가 쉬운 것이 낫겠네요."

"침대로 올라갈 때도 의외로 공간이 필요하니까 수납장의 위치나 방의 넓이도 확인해보는 게 좋아요."

운 좋게 짓고 있는 건물이 있어서 융통성을 발휘하여 리모델링을 할 수 있었기 때문에 집은 금방 결정할 수 있었다.

"방 배치를 이렇게 하면 화장실을 넓히려고 현관을 좁히거나 욕실을 좁힐 수밖에 없지 않을까?"

나는 매일 도면과 눈싸움을 벌였다.

어느 한쪽의 공간을 넓히면 다른 쪽이 줄어든다. 문제는 욕실이었다. 화장실은 최우선으로 넓혀야 한다. 그 대신 현관을 좁히고 싶었지만 구조상 불가능했다. 그렇다면 화장실과 인접한 욕실을 좁혀야 했다.

그런데 내가 욕조에 들어가기 위해서는 리프트가 필요하고, 리프트를 달 공간도 필요하다. 나는 결국 철저하게 현실적으로 생각해서 욕조를 포기하고 샤워 룸을 만들기로 했다.

이렇게 준비는 착착 진행되었다.

복도 폭도 휠체어가 다닐 수 있도록 조금 넓히고, 주방도 휠체어를 탄 채 쓸 수 있도록 싱크대의 아래쪽 수납공간이 없는 것으로 바꿔달라고 했다.

남은 것은 가전제품과 가구류. 하나하나 내가 쓰기 쉬운 것들로만 골랐다. 냉장고는 너무 큰 것을 고르면 손이 닿지 않는 곳이 생긴다. 전자레인지도 되도록 가벼운 힘으로 열 수 있는 것을 골랐다.

그리고 빼놓을 수 없는 것이 가정봉사원이다. 옷 갈아입기, 목욕, 화장실에 갈 때도 가정봉사원의 손길이 필요하다. 국가가 지원하는 가정봉사원 제도를 이용할 수 있는 것은 알고 있었지만 실제로 어디에 의뢰하면 되는지 따위를 처음 겪는 일이라 닥치는 대로 찾았다.

입원해 있는 병원에 사회복지상담원이 상주하고 있어서 그와 상담해보았다.

"이 지역이면 장애인의 생활지원을 하고 있는 시설이 있으니까 상담해보죠. 방문간호나 왕진도 알아볼게요."

살았다. 이런 지원이 있는 것도 내가 필요에 쫓기지 않았다면 알 수 없었을 것이다.

상담원은 나에게 장애인 지역 생활지원센터와 방문간호를 시행하면서 자취집에서도 가까운 병원을 소개해주고 면담 장소도 잡아주었다. 안 그래도 불안하던 터였는데 이렇게 도와주시는 분이 있다는 것이 정말 든든했다.

얼마 후 교토에 있는 장애인 지역 생활지원센터의 30대 여성과 휠체어를 탄 40대 남성이 병원으로 찾아와주었다.

"4월에 복학할 생각으로 학교 근처에 아파트를 얻어서 자취할 예정인데 가정봉사원을 부르는 방법과 생활지원에 대해 알려주십시오."

"알겠습니다. 자세히 말씀해주시면 생활하는 데 필요한 것들을 하나하나 알려드리겠습니다. 그리고 가정봉사원 사업소와도 일정을 조정해보겠습니다."

믿음직스러웠다. 수속 관계 등 불안하게 느끼고 있는 것들을 말하자 친절하게 대답해주었다. 또 자취를 시작하고 나서 생활 리듬이 어떻게 될지 상상할 수 없는 나를 위해 일주일 동안의 케어 플랜을 표로 만들어주기도 했다.

나는 좀 더 고생할 줄 알았는데 이런 친절을 받을 줄은 몰랐다. 사회 시스템이라는 것을 처음 접하고 그저 감사할 따름이다.

매일 아침 기상 수발과 매일 저녁 목욕이나 저녁식사 조리를 도와주러 오는 가정봉사원 사업소도 소개 받았다. 이렇게 해서 앞으로의 생활 계획을 그럭저럭 세울 수 있었다.

또 하나 해결해야 할 문제가 '통학'이었다. 자취집이 아무리 학교에서 가깝다고 해도 나 혼자서는 도저히 휠체어를 몰고 학교까지 갈 수가 없다. 길도 좁고, 도로는 교통량도 많다. 보도는 제대로 정비되어 있지 않고 경사도 있다. 매일 가족의 도움을 받는 것은 오사카에 사는 가족에게 부담이 너무 크다. 학교를 오가는 데는 가정봉사원의 도움도 받을 수 없다.

그렇다면 해결책은 기계에 의존하는 수밖에 없었다. 그렇게 해서 전동휠체어를 사용하게 되었다.

전동휠체어는 모양과 기능이 다양했다. 일반적인 것은 스틱 하나로 조작할 수 있는 휠체어인데, 그것으로는 팔을 사용하지 않게 되어 근력이 떨어지기 때문에 어시스트가 달린 전동휠체어를 선택했다. 구조는 전동자전거와 같다. 조작하면 기계가 어시스트해주어서 가벼운 힘으로도 앞으로 나아갈 수 있다. 수동 휠체어에 모터가 달린 것이라고 생각하면 된다.

대학교에선 원래부터 복지에 힘을 쏟고 있었고, 휠체어를 타고 다니는 사람도 몇 명 있었기 때문에 별로 걱정은 하지 않았다. 계단만 있는 장소도 대부분 휠체어용 승강기가 설치되어 있어서 이동하는 데 불편함은 없었다. 도시샤 대학의 학생이라는 것이 다행스러웠다.

기다리고
기다리던 날

복학 준비는 착착 진행되고 있었고, 퇴원 날짜는 5월 7일로 정해졌다.

교토에 계약해놓은 집이 4월 말에야 완공될 예정이어서 퇴원 날짜를 5월로 잡고 4월 중순부터 시작되는 수업에는 병원에서 다니게 되었다. 마침 그 나름대로 예행연습이 되어서 좋았다.

가정봉사원 사업소도 생활지원센터 분이 찾아주어서 쉽게 결정되었고, 평소의 건강을 체크해줄 방문 간호사와 왕진 의사도 찾을 수 있었다.

나는 많은 사람들에게 도움을 받고 있다.

아무것도 모르는 제로 상태에서 이렇게 되기까지 정말 힘들었지만, 그만큼 어떻게든 혼자 사는 모습을 멋지게 보여주고 싶다는 결의를 새롭게 다질 수 있었다.

"퇴원하면 파티도 해야지. 먹고 싶은 거 있으면 말해. 준비해놓을게."

엄마와 사토 아주머니, 도다 아주머니를 포함해서 평소 친하게 지내는 아주머니 5인조, 이른바 아줌마 파이브가 파티를 열어주기로 했다.

병원 생활과도 이제 작별이다. 마침내 사회로 복귀한다.

그런데 나중에 알고 보니 피해자 중에서는 내가 가장 오랫동안 입원한 사람이었다. 병원 내에서 가는 곳이라곤 매점과 식당밖에 없었지만, 앞으로는 행동 범위가 더욱 넓어진다고 생각하니 당장이라도 밖으로 뛰쳐나가고 싶은 심정이었다.

5월 7일, 약 1년 만에 프리스비 도그 대회에 참가한 다음 날 나는 퇴원했다.

이만큼 오랫동안 입원해 있으면 의사 선생님이나 간호사와도 나름대로 친해진다.

"퇴원 축하해."

말은 그렇게 하지만 이별이 못내 섭섭한 듯했다. 짐을 옮기고 나서 텅 빈 병실은 더 이상 내가 있을 곳이 아니었다.

그동안 신세진 분들께 일일이 인사하고 나자 마지막엔 간호사 선생님이 병원 밖까지 배웅해주었다. 수없이 드나든 병원의 야간 출입구. 이 출입구를 나서면 눈앞에 공원이 펼쳐진다. 그 공원에서 다이너와 프리스비를 하며 놀다가 다시 그 출입구를 지나 병실로 돌아오곤 했다. 하지만 오늘은 다르다. 더 이상 돌아올 필요가 없었던 것이다.

따뜻한 바람이 기분 좋게 불어와 손에 들고 있는 꽃다발을 흔들었다. 간호사 선생님이 내 휠체어를 밀면서 "건강한 모습을 보여주러 언제든지 또 와."라고 다정하게 말해주었다.

그런 마음을 고맙게 느끼면서 휠체어에 앉아 병원을 나섰다.

연말연시 등 몇 번인가 외박하고 집에 돌아온 적은 있었지만, 퇴원하고 집에 돌아오니 기분이 새삼 달랐다.

"마침내 퇴원이야! 걔들을 어서 만나고 싶어."

"다이너도 목이 빠지게 기다리는 것 같더구나. 지금 집 안은 난리도 아닐 거야."

집으로 가는 차 안에서 엄마가 말했다.

"왜?"

"글쎄, 집에 가보면 알겠지."

한껏 기대에 부풀어서, 그리고 불안도 조금 안고 집으로 향했다.

언제나 나를 맞아주던 현관조차 감회가 새롭다. 집은 아직 배리어 프리로 개조하지 않아서 사고 전의 모습 그대로였다. 내가 돌아온 것을 알았는지 집 안에서 "멍, 멍, 멍." 하고 개들이 짓는 소리가 들렸다. 이런 환영을 받는 것도 오랜만이다.

천천히 현관문을 열었다. 안에서 개들이 우르르 뛰어나왔다.

"다녀왔습니다!"

우렁차게 소리쳤다.

"오래 기다렸지? 미안."

꼬리를 힘차게 흔들면서 반겨주는 개들. 사고 후 처음 병원에서 재회했을 때는 눈도 마주쳐주지 않던 다이너가 지금은 곧장 휠체어를 향해 뛰어왔다. 내가 보이지 않는 사라도 후각으로 나의 존재를 확인하고 있었다.

"개들도 줄곧 너를 기다리고 있었어. 기뻐하는 모습이 평소와 다르구나."

엄마가 말했다.

"좋았어! 우리 다시 같이 놀자."

내가 개들을 쓰다듬어주자 두 개밖에 없는 내 팔을 서로 차지하려고 그야말로 난리였다.

"다이너, 이제 알았으니까 그만. 다시 프리스비를 해야지."

달려드는 다이너를 간신히 안아주었다.

지난 1년은 개들에게도 불쌍한 나날이었다. 가족들은 대부분의 시간을 밖에 나가 있었고, 충분히 놀아주지 못해서 스트레스가 쌓여 병에 걸릴 지경이었을 것이다. 하지만 감사하게도 아줌마 파이브 중 한 분이 매

달리기를 가장 좋아하는 다이너, 아홉 살.

일 산책과 식사를 대신 챙겨주셨고, 애견 트레이너인 친구는 다이너를 장기간 맡아주기도 했다. 주변 분들의 도움이 없었다면 상황은 더 비참해졌을 것이다. 여기까지 올 수 있었던 것도 다 모두의 덕분이었다.

　엄마의 말대로 집 안은 난리가 벌어져 있었다.

　내가 지나가지 못할 정도로 집 안은 많은 축하 꽃으로 뒤덮여 있었다. 집에 들어온 뒤로도 속속 도착하는 꽃다발. 호접란에, 본 적이 없을 정도로 큰 꽃다발.

　"더 이상 둘 곳이 없을 지경이야!"

　"꽂아둘 꽃병도 없는데 어쩌지?"

　즐거운 비명이었다. 집 안은 꽃집이 된 것 같았다.

　그 날 밤에는 그동안 신세 진 이웃 분들과 친척들까지 모두 모여 불고기 파티를 열었다.

　전부터 집에 돌아가면 뭘 먹고 싶으냐는 질문에 나는 망설일 것도 없이 "고기가 좋아. 육회도 있으면 더 좋고."라고 대답했다.

　그 대답대로 식탁엔 내가 좋아하는 음식들만 가득했다.

　"육회도 사다 놓았다."

　사토 아주머니였다.

　"고맙습니다. 이걸 먹고 싶어서 눈물이 다 날 정도였어요."

"다른 음식도 많으니까 실컷 먹으렴."

"이렇게 잔뜩 먹었는걸!"

"아직 디저트도 남았어."

거실에 다 들어오지 못할 정도로 많은 사람들. 초등학교 담임선생님 까지 달려와주셨고, 파티는 밤늦게까지 계속되었다. 나는 정말로 행복한 사람이라고 생각했다.

"마침내 돌아왔어."

사고 이후 지금까지 줄곧 깨지 않는 꿈을 꾸고 있는 듯했고, 내 속의 시간은 멈춘 채였다. 그러나 이제는 마침내 출발 지점에 선 기분이 들었다.

이제부터 시작이야

교토 생활이 시작되었다. 모든 것이 처음이었다.

온전히 혼자서만 사는 것은 불안했기 때문에 같은 대학에 다니는 여동생과 반 동거를 했다.

아침 8시, 가정봉사원이 와서 두 시간 동안 봐주신다. 우선 옷 갈아입는 데 도움을 받고 기상한다. 휠체어 위에서는 옷을 갈아입을 수 없기 때문에 잠에서 깨면 먼저 침대 위에서 그날 입을 옷으로 갈아입는다. 옷에 따라서는 혼자 입을 수 있는 것도 있지만 천이 뻣뻣하거나 단추나 지퍼가 달려 있는 옷은 손가락에 마비가 남아 있어서 입을 수가 없었다.

엉덩이를 들어 올릴 수가 없기 때문에 스커트나 바지를 입을 때는 오른쪽, 왼쪽, 오른쪽, 왼쪽으로 몸의 방향을 바꾸면서 조금씩 입는다. 양말이나 신발은 발끝까지 손이 닿지 않아서 가정봉사원이 신겨주어야 한다.

옷을 다 입으면 휠체어에 옮겨 탄다. 침대에는 트랜스퍼 보드(몸의 이동이 불편한 사람들이 침대에서 휠체어, 휠체어에서 침대 또는 그 외의 장소로 이동할 때 이동을 용이하게 해주는 도구)를 놓아서 휠체어와 침대 사이의 틈을 없앴다. 그리고 팔로 푸시업을 하면서 휠체어까지 이동한다. 휠체어에 앉으면 가정봉사원이 침대에서 다리를 내려준다.

그 후 내가 얼굴을 씻고 이를 닦는 등 학교에 갈 준비를 하고 있는 동안 아침식사를 만들어준다. 스크램블 에그나 베이컨 등 그때그때 냉장고에 있는 것으로 적당히 부탁한다. 이것만으로도 두 시간은 눈 깜짝할 사이에 지나간다. 몸이 성할 때는 30분이면 충분했을 시간이 네 배가 되었다. 체력 소모도 심했기 때문에 나가기 전부터 지친 적도 있었다.

특히 아침밥을 먹고 난 후에는 빈혈이 심했다. 위가 움직이고 있을 때는 휠체어를 조정하려고 해도 힘이 들어가지 않고 금방 숨이 찼다. 그래서 식후 휴식은 필수가 되었다.

학교에는 휠체어로 다니기 쉬운 길을 골라 다니는데, 걸어서 10분 정도면 갈 수 있는 거리를 휠체어로는 두 배인 20분 정도가 걸려서 학교에 도착할 즈음이면 이미 지쳐버렸다. 공부할 수 있는 상황이 아닌 것이다. 사고 전과는 비교할 수 없을 정도로 체력이 떨어져 있었다.

저녁엔 18시부터 가정봉사원이나 방문 간호사가 와서 목욕과 화장실 수발, 저녁식사를 만들어준다. 청소나 빨래, 장보기도 부탁했다.

목욕은 체력이 소모되어 장시간의 샤워는 힘들었다. 재빨리 머리를 감고 몸을 씻은 다음 샤워로 몸을 따뜻하게 한다. 피곤해지면 빈혈을 일으킨다. 시간과의 승부가 요구되었다.

여태까지는 전부 혼자서 할 수 있는 일이었는데 남의 힘을 빌려야 한다는 사실을 받아들이기가 어려웠다. 가정봉사원의 도움은 대단히 감사한 일이지만 집에 제삼자가 온다는 것은 그것만으로도 정신적으로 피곤한 일이었다.

처음 얼마 동안은 이런 상태로 앞으로 계속 살아갈 수 있을까 하고 의구심을 갖기도 했다. 하지만 이 생활을 그만둘 수도 없는 노릇이고, 이 이외의 방법도 없었다. 어떻게든 익숙해질 수밖에 없었다.

집에 오는 가정봉사원은 친절한 사람들뿐이었다.

"오늘은 뭐가 먹고 싶니?"

늘 그렇게 물어봐준다.

"오므라이스를 먹고 싶어요."

그러면 부드러운 달걀로 엄마보다 더 맛있는 요리를 뚝딱 만들어주었다. 아침부터 차완무시(공기에 달걀을 풀고 생선묵, 고기, 버섯, 국물 등을 넣고 공기째 찐 요리, 일본식 달걀찜)나 교토식 일식 요리가 나왔을 때는 고급 음식점에 온 듯한 착각이 들 정도였다. 시간에 여유가 생기면 아무 말을 하지 않아도 집 안을 구석구석 닦는 등 알아서 움직여준다. 어떻게 하면 내가 불편하지 않게 살 수 있는지를 가장 먼저 생각해주었다.

방문 간호사도 하루 종일 혼자 있는 시간이 많은 나를 걱정해서 조금이라도 몸 상태가 안 좋을 때는 즉시 왕진 의사를 수배해주었다. 그런 분들의 도움을 받으며 교토에서의 생활이 유지되었다. 지금도 교토에 오면 연락해달라는 가정봉사원도 있다.

하지만 뭘 하든 시간이 걸리고 생각처럼 체력이 받쳐주지 않는 생활은 스트레스의 연속이었다. 침대 위에서 옷을 갈아입는 데 누군가의 도움을 받아도 20분이나 걸린다. 그것이 매일 반복된다.

나는 벌써 한계를 느끼고 있었다.

가정봉사원이 돌아간 뒤에는 대부분 멍하니 텔레비전을 보거나 책상에 엎드려서 잤다.

'생활한다'는 것이 의외로 간단한 것만은 아닌 것 같았다.

여동생은 평일이면 거의 매일 와주었고, 엄마도 부지런히 드나들었다. 나도 주말에는 본가에 가 있었다.

그런 식으로 가족의 도움을 받으면서 잠시나마 숨을 돌리지 않으면 이 생활은 지속할 수 없었을 것이라고 생각한다.

그러지 않으려고 해도 아무 불편 없이 일상생활을 영위하는 사람들이 부러워서 견딜 수가 없었다.

'장애인' 그리고 'JR 후쿠치야마 선 탈선사고 피해자' 라는 것

내가 4월에 복학한다는 소식을 들은 친구들은 저마다 "학교에서 다시 만나자!"라고 말해주었다. 다시 함께 수업을 받을 수 있다. 수업을 마치고 집에 가는 길에 밥을 먹으러 가기도 하고, 아무 이유 없이 수다를 떨기도 하고, 그렇게 잃어버린 1년의 대학 생활을 되돌리자는 상상만을 부풀리고 있었다.

그러나 대학 3학년이 되면 모두들 동아리 활동이나 연애를 하느라 바쁘다. 자격증 시험을 준비하느라 여념이 없는 사람도 있고, 저마다의 대학 생활이 이미 정해져 있다.

휠체어 초보자인 나는 아직 휠체어를 타고 외출하는 데 익숙하지 않았다. 도움이 필요할 때 어떻게 부탁하면 되는지도 파악하지 못했고, 모르는 사람한테 도와달라고 할 용기도 없었다.

대학교 강의실은 책상과 의자가 고정식으로 되어 있다. 휠체어에 앉아 수업을 받기 위해서는 휠체어용 책상을 미리 준비해달라고 해서 강의실 맨 뒤쪽이나 맨 앞쪽 가장자리에서 수업을 받아야 한다. 뿐만 아니라 강의실 문도 손잡이를 돌리지 못해서 열 수 없었고, 강의실 내부는 통로가 좁아 휠체어로는 이동할 수 없었다. 교단으로 프린트 물을 가지러 가거나, 무언가를 제출할 때는 누군가에게 부탁해야 한다.

친구가 있으면 문제가 없었지만, 나 혼자일 때는 "미안하지만 교단까지 갈 수 없어서 그러는데 제 것도 같이 가져다주실 수 있을까요?"라고 부탁한다. 강의실을 나갈 때도 "문 좀 열어주시겠어요?"라고 근처에 있는 사람에게 부탁한다.

그렇게 부탁하는 타이밍을 잡는 것이 초보자에게는 쉽지 않은 일이라서 늘 '어떡하지, 어떡하지.' 하고 긴장하곤 했다.

입원 중일 때는 그렇게도 돌아오고 싶었던 강의실인데…… 수업을 빼먹을 궁리만 하게 되었다.

게다가 사람들과 소통할 때도 지금까지는 느끼지 못했던 위화감을 느졌다. 특히 초면인 사람 앞에서는 보이지 않는 벽에 가로막힌 듯했다.

필시 내가 휠체어를 사용하는 데 익숙지 않듯이 상대도 장애가 있는 상대와 마주하는 것에 익숙지 않았던 것이리라. 게다가 모든 학생이 알고 있는 사고였기 때문에 "그 사고의 피해자야."라고 말하고 있는 듯한 기분이 들어서 스스로도 보이지 않는 장벽을 치고 있었지 싶다. 주위 사람들도 어떻게 대해야 할지 주저한 적은 있었다고 본다.

원래 낯가림이 있는 편이었지만 사람들과 격의 없이 지내는 것이 더욱 서툴러져서 대학을 졸업할 때까지도 그 벽은 허물 수 없었다.

지금이라면 좀 더 잘하지 않았을까 싶다.

일상생활 속에서도 휠체어를 사용하는 것에 열등감을 느끼게 되었다.

서점에 가도 상단에 있는 책은 닿지 않기 때문에 점원에게 꺼내달라고 부탁해야 한다. 통로도 좁아서 휠체어를 타고 들어가면 다른 사람들에게 폐가 되지 않을까 주저한다.

반대로 점원의 대응이 지금까지와는 좀 다르다고 느낀 적도 있었다.

나는 단지 휠체어를 타고 있을 뿐 내면은 이전과 아무것도 달라진 것이 없다. 그런데 휠체어를 타고 있다는 이유만으로 태도가 달라지는 사람도 있는 듯했다.

자주 있는 경우가 아이에게 말하듯이 내게 말하는 것이었다.

"그렇게 쉬운 단어를 골라가면서 천천히 말하지 않아도 이해할 수 있어요."

어떨 때는 이렇게 말해주고 싶을 정도였다.

나는 휠체어 사용자에 대한 세상의 인식을 온몸으로 실감하게 되었다. 다만 나도 장애를 입기 전까지는 휠체어 사용자를 어떻게 대해야 할지 몰랐다고 생각한다.

당시에는 나도 아직 어렸기 때문에 사소한 말에도 종종 상처를 받으며 주위의 시선을 무섭게 느낀 적도 있었다. 그런 감정이 쌓여서 자연스럽게 밖에 나가는 것을 겁내게 되었다.

그런 나의 버팀목이 되어준 사람이 지금도 가족 모두와 친한 다케모토라는 친구다. 나의 불안을 아는지 모르는지, 수업과 수업 사이에 시간이 있을 때면 종종 자취집으로 놀러 와주었다.

다케모토와는 중학교 입학식 때 처음 만났다. 같은 반의 옆자리에 앉았다는 이유로 이야기를 나누게 되었다. 그때부터 고등학교, 대학교의 학부까지 같았다. 그렇다고 중1 때부터 쭉 붙어 다닌 것은 아니다. 반에서 친하게 지낸 친구도 달랐고, 도중에 반이 갈라져서 3년쯤 연락이 끊긴 시기도 있었다.

다케모토는 얼굴은 귀여운데 목소리가 엄청나게 크다. 순박한 구석이 있고, 늘 웃음거리를 제공해준다. 내가 구명구급센터에 있었을 때부터 병문안도 몇 차례 와주었고, 복학했을 때도 무슨 부탁이든 다 들어주겠다며 믿음직하게 말해주었다.

수업을 마치고 놀러 오면 막차를 타고 집에 가거나 하룻밤 자고 갔다. 집에는 다케모토의 칫솔까지 있었다.

수업을 마치는 시간이 같을 때는 자취집까지 휠체어를 밀어주었다. 나는 이때다 싶어서 "잠깐 서점에 들러도 될까?"라고 평소에는 가지 못하는 서점에 데려다 달라고 했다.

"오늘은 학생식당에서 먹고 갈래?"

또 혼자서는 가기 힘든 학생식당에도 데려다 달라고 했다.

다케모토와 있을 때는 행동범위도 넓어지고 지금까지와 다를 게 없는 나로 돌아갈 수 있었다.

자유롭지 못하다는
답답함과의 갈등

좀 더 자유로워지고 싶다. 지금도 나의 가장 큰 소원이다.

어찌어찌 복학도 했고 교토에서 자취생활도 시작했지만, 내 생활에는 사고 전과 같은 자유는 없었다. 매일 아침 일어나는 시간은 8시로 정해져 있었고, 저녁에는 가정봉사원이 오는 시간까지 귀가하지 않으면 안 된다. 그때그때의 기분에 따라 "밥이라도 먹고 갈까?"라든가 "어디 좀 들렀다 가자."와 같은 경우는 생각할 수 없었다.

전동휠체어 덕분에 이동하는 것은 전보다 편해진 것이 사실이지만 편의점에 잠깐 다녀오는 것도 어려웠다. 보도에 약간의 턱만 있어도 넘지 못하거나 가게 출입구의 계단처럼 지금까지는 아무 문제가 없던 것들이 장애가 되었다.

하교 길에 편의점에 들러 디저트를 사서 집에 돌아가려고 생각한 적이 있었다. 학교 주변엔 학생들이 방치한 자전거가 많다. 편의점 출입구는 깨끗이 치워져 있었지만, 출입구 옆에는 조그마한 틈에도 자전거가 처박혀 있었다. 그날도 휠체어로 가게 앞까지는 갔는데 출입구까지 자전거가 튀어나와 있었다. 점원도 모르는 듯했다.

'아아, 겨우 5센티미터만 더 가면 되는데⋯⋯. 조금만 옆으로 치워주면 들어갈 수 있을 텐데.'

그렇다고 자전거를 치워달라고 부탁할 만한 사람도 없었다. 겨우 수 센티미터가 너무나 멀었다. 결국 나는 편의점에 들어가는 것을 포기하고 그냥 집으로 갔다.

친구들과 놀 때도 신경이 쓰였다. 다 같이 볼링을 치러 가자고 해도 나는 끼지 못하고, 다들 즐거워하고 있는 모습을 옆에서 보고 있는 것도 괴로웠다.

USJ(일본 유니버설 스튜디오)에 가자는 말에도 놀이기구를 타지 못하는 내가 괜히 같이 가서 나한테 신경 쓰느라 다른 친구들이 재미있게 놀지 못하는 건 아닐까 하는 찜찜한 기분이 들었다.

해마다 스노보드를 타러 갔는데 이제는 갈 수 없다. 가자고 하는 친구도 없어졌다. 놀고 와서 SNS에 올리는 후기만 멍청히 바라본다.

어떻게 해볼 도리가 없는 것과 그것에 대한 감정의 타협점을 찾기가 어려웠다.

나는 악력이 없기 때문에 종종 물건을 떨어뜨린다. 떨어뜨리면 집을 수 없기 때문에 다시 주우려면 몇 분이나 걸리고 무거운 것이면 주울 수 없다. 그럴 때면 내 몸에 화가 치밀어 오른다.

"빌어먹을! 손발만 움직일 수 있었다면……."

한번은 다리를 힘껏 때려보았다. 통증은커녕 아무 느낌도 없는 다리에 그저 허무할 뿐이었다.

이럴 때는 마음이 안정을 찾지 못하기 때문에 가장 좋은 방법은 자는 것이었다. 자는 동안에는 잊는 것까지는 안 되지만 조금은 안정을 찾을 수 있었다.

이대로 가다간 은둔형 외톨이로 직행할 것이 뻔했다. 아니, 당시 수업이 없을 때는 거의 집에만 있었지 싶다.

처한 상황에 익숙해지는 것은 너무나 어려웠지만 그래도 분하다는 생각이 거듭될수록 침울함에서 벗어나는 것은 빨라졌지 싶다. 이것이 장애를 받아들인다는 것인지도 모르겠다.

  처음에는 두려움을 느끼던 외출도 시간이 흐르면서 익숙해져갔다.

  음식점을 이용하고 싶을 때 맞닥뜨리는 것이 휠체어 사용자의 입점 거부다.

  어느 이탈리안 레스토랑은 일행 중 한 명이 휠체어를 타고 있다고 하자 난색을 표하며 말했다.

  "현관문에 턱이 있어서 좀……."

  "턱 하나쯤이야 괜찮습니다."

  "아니, 현관문 폭도 좁고……."

  이쯤 되면 들어오는 게 달갑지 않다는 말투였기 때문에 더 이상 아무 말도 하지 않았다.

  또 다른 가게에서는 "휠체어 사용자가 한 명 있는데 괜찮습니까?"라고 전화로 묻고 나서 예약까지 했는데 마지막에 들려온 말이 "휠체어는 가게 밖에 놔두고 들어오셔야 됩니다."였다.

  휠체어 사용자도 장애의 정도가 다양하다. 짧은 거리라면 걸을 수 있는 사람이 있는가 하면 아예 설 수조차 없는 사람도 있다.

  내가 휠체어에서 내릴 수 없다고 말하자 대답이 이랬다.

"가게 안의 통로가 좁고 다른 손님에게 실례가 될 수 있으니 휠체어를 밖에 두고 들어올 수 없다면 거부하겠습니다."

'다른 손님에게 실례가 될 수 있다.'는 말을 듣고 나쁜 뜻이야 없는 줄 알지만 나라는 존재 자체가 부정된 것 같은 기분이 들었다. 처음엔 이런 말에 낙담하기도 했지만 점점 면역이 됐다.

'그런 가게는 내가 사양이야.'라고 생각했더니 낙담한 내 자신이 바보처럼 여겨졌다.

가게의 입장도 이해하고, 물리적으로 들어갈 수 없는 가게도 있기 때문에 무리해서 들어가고 싶다는 생각은 없다. 하지만 인정머리 없는 말투나 태도에는 화가 치밀었다.

한편 매우 따뜻하게 맞아주는 가게도 많았다. 엘리베이터가 없는 가게였는데 "저희 음식을 맛보게 해드리고 싶으니 꼭 오십시오. 계단에서는 전 직원이 부축해서라도 들어올 수 있게 해드리겠습니다."라고 말해주는 가게.

가게 안이 좁아서 물리적으로 들어갈 수 없었는데 "저희 직원들이 최선을 다해서 도와드리겠습니다. 꼭 오십시오."라고 말해주는 가게도 있었다.

불쾌한 경험, 따뜻한 경험을 되풀이할 때마다 마음이 강해져갔다.

고달픈 삶,
그래도 사회에 나가고 싶다

　복학이라는 목표는 달성했다. 3학년 봄 학기도 끝나고 순조롭게 학점도 이수했으니 이대로만 학교에 다니면 무사히 졸업은 할 수 있을 것 같았다.

　외출하기 전에 자취집에서 다케모토와 점심을 먹으면서 서로의 근황에 대해 이야기했다.

　"어학 학점은 결국 땄니?"

　"봄 학기도 글렀어. 이대로 계속 떨어지면 어떡하지? 오카자키, 넌 어땠어?"

　"아, 응. 무사히 따긴 했는데……."

　나는 작은 목소리로 대답했다.

　"좋겠다. 어학 때문에 졸업하지 못해서 취직에 합격하고도 취소되면 웃음거리가 될 텐데."

　이 무렵부터 생각하는 것이 자신의 장래다. 주위에서도 서로 취업 활동이 어떻게 되어가고 있는지 확인하는 대화가 오가고 있었다. 동급생 대부분이 회사에 취직하기를 바라고 있었고, 일부가 자격증을 따기 위해 노력하고 있었다. 다케모토에게 물어보았다.

"이제 슬슬 취업 활동을 시작할 땐데 뭐라도 하고 있는 거 있니?"

"아니, 아직 없어. 뭐부터 시작해야 될지 모르겠어. 넌?"

"나도 아무것도 하고 있지 않아."

"그렇구나. 벌써 시작한 사람도 있어서 초조해."

나는 주변 사람들과 마찬가지로 취직하기를 바라고 있었다. 그 외에는 생각할 수 없었던 것이다.

"걘 JR 후쿠치야마 선 탈선사고로 장애를 입어서 취직도 못하고 집에 있을 거야."

이따위 말은 절대로 듣고 싶지 않았고, 집에 있으면서 할 일 없이 시간을 보내는 것도 끔찍이 싫었다. 가족도 나를 돌보느라 지쳐서 같이 쓰러져버린다면 그것이야말로 가정 붕괴다. 게다가 장애연금과 기타 복지수당을 합쳐도 1년에 110만 엔 정도였기 때문에 어떻게든 돈을 벌지 않으면 앞으로의 생활을 꾸려갈 수 없다는 막막함도 있었다.

지금 생각해보면 너무 안이했다고 태클을 걸고 싶어지기도 하지만 결과적으로 회사에 취직한다는 선택을 해서 다행이었다고 생각한다.

나 같은 경우는 취직이라는 것이 간단하지 않다는 것은 쉽게 상상할 수 있다.

장애인을 고용하는 회사가 과연 얼마나 될까? 게다가 출퇴근을 어떻게 할지, 회사 근처에 살 곳이 있는지도 생각해야 한다. 통원 치료에 대한 배려를 해주는 곳인지, 취직한 후에 어떻게 살지 상상하면서 하나하나 해결할 방법을 찾아놓아야 한다.

나와 같은 경추손상을 입은 사람들은 어떻게 살고 있을까……?

'경추손상 취직'이라고 인터넷으로 검색해보았지만 원하는 정보는 찾을 수 없었다.

성공한 체험담은 나보다 장애의 정도가 가볍고, 도와주는 사람 없이 혼자 사는 사람들뿐이었다. 쉬운 일이 아니라고는 알고 있었지만 인터넷으로 정보를 모을 때마다 우울한 기분에 휩싸였다.

그러고 보니 도시샤 대학에는 내가 알고 있는 것만 해도 휠체어를 사용하고 있는 학생이 몇 명 있었다. 그중에서 나와 같은 경추손상을 당한 여자가 있었다는 것이 떠올랐다. 입원 중에 병원까지 와서 앞으로의 생활에 대해 이런저런 조언을 해주었고, 집을 리모델링할 때는 참고가 될 만한 집을 보여준 적도 있었다.

"신문사에 취직되었다고 하던데."

의외로 가까운 곳에 있었다. 주위에 나와 비슷한 장애를 가진 선배가 있다는 것은 생각만으로도 매우 든든했다. 나도 채용해주는 회사가 어딘가에 있을지도 모른다고 조금이나마 희망을 가질 수 있었다.

"장애만 없으면……."

장애인의 구인 정보를 볼 때마다 화가 치밀었다. 나의 인생에 언제까

지나 '사고'가 따라 다니는 것을 용서할 수 없었다.

지는 것을 정말로 싫어하는 내 성격을 다시 한 번 느꼈다.

사고의 영향은 내 몸만으로도 이미 충분하다. 모든 것을 JR 후쿠치야마 선 탈선사고에 빼앗기고 싶지 않다고 생각했더니 무조건 취직하고야 말겠다는 투지가 타올랐다.

미래는 스스로
움켜쥐는 것

새해가 되자 기업설명회에 OB 방문(희망하는 기업에서 일하고 있는 선배들을 방문하여 기업의 정보를 수집하는 것)으로 취업 전선이 활기를 띠었다. 당시, 채용 전형에 관한 기업의 윤리헌장에 의해 많은 대기업의 전형 해금(대졸 예정자들이 학업에 전념할 수 있도록 기업의 대졸 신입사원 채용 전형을 금지한 것을 풀어주는 날)이 4월 1일이었다. 학생의 입장에서는 이때가 인생을 건 승부를 할 때다. 나도 다른 학생들과 마찬가지로 필사적이었다.

"자기 PR을 써봤는데 어떤 것 같아? 좀 읽어봐줘."

엄마한테도 조언을 구했다.

"음. 글쎄, 잘 모르겠다. 글씨를 좀 예쁘게 쓰면 어떨까?"

맞는 말이지만 질문 상대를 잘못 고른 것 같았다.

아빠도 엄마도 내가 일하는 것에 대해서는 대찬성하는 입장이었고, 별 말도 없이 기본적으로 내게 맡겨주었다.

기업에 따라서 장애인 채용에 대한 사고방식은 다양하다. 대졸 신입 사원 채용에 장애인 특별 채용 제도가 있는 기업도 있다. 그렇게 함으로써 장애인도 채용하는 기업이라는 것을 세상에 어필할 수 있고, 장애인 쪽에서도 장애인을 적극적으로 채용하는 기업이라는 것을 알 수 있다.

장애인 특별 채용은 하지 않고 일반인과 장애인의 구별 없이 평등하게 채용하는 기업도 있다. 물론 장애인을 채용하지 않는 기업도 있다.

기업마다 장애인에 대한 대응이 다르기 때문에 기업 별로 홈페이지를 찾아서 확인하거나 직접 문의해볼 필요가 있었다. 대기업은 장애인용 구인 사이트에서 모집하고 있는 경우가 있기 때문에 취업 활동은 마음에 드는 기업을 골라내는 것과 지원할 수 있는 곳인지 아닌지 정보를 수집하는 것부터 시작되었다.

"도쿄에서 장애인을 위한 합동 기업설명회가 있다니까 좀 데려다 줘."

도쿄와 오사카에서는 기업설명회에 참가하는 기업 수가 하늘과 땅 차이이다. 구체적인 것은 직접 채용 담당자와 상담해보지 않으면 모르는 것도 있고, 실제로 기업에서 일하고 있는 장애인의 생생한 목소리를 들을 수 있을지도 모른다. 시큰둥하니 대답하면서도 늘 데리고 가주는 엄마의 도움을 받아가며 취업 활동은 착착 진행되었다.

　지원하고 싶은 기업을 고르고 나서 보니 생각 외로 많아서 혼자 장애인 채용과 관련된 정보를 수집하는 것은 시간적으로 무리가 있었다.

　학교에서는 학내 취업지원센터에서 장애가 있는 학생의 취업 상담도 해준다.

　"기업 설명회에 채용 담당자가 오니까 그때 지원 가부를 물어보세요."

　감사하게도 나 혼자서는 미처 다 확인할 수 없는 희망 기업의 장애인 채용 정보에 대해 조사해주기도 했다.

　그러나 결과는 너무나 참담했다.

　"시설이 휠체어에 대처할 수 없습니다."

　"장애가 있는 분은 특례 자회사에 지원해주십시오."

　"이동이나 출장에 대처할 수 있으면 지원 가능."

　대답은 다양했지만 역시 휠체어 사용자에 대응할 수 없다는 대답이 많았다.

　일해보고 싶은 기업이라도 지원조차 할 수 없다는 것은 정말로 참을 수가 없었다. 특례 자회사에 지원하는 것도 복잡한 기분이 들었다.

장애인이 일할 수 있는 환경이 갖춰져 있는 것은 멋진 일이지만 장애에도 시각이나 정신, 청각 등 다양한 종류가 있고, 정도 또한 다양한데 일률적으로 장애인은 특례 자회사로 가라고 정리해버리는 것은 너무 난폭한 처사가 아닌가 싶다. 하는 일도 명함 만들기나 커피 심부름, 사무 작업 대행 등이 대부분이고, 내가 원하는 업무 내용과는 달랐다.

취업 활동을 시작할 무렵에는 지원조차 할 수 없는 것에 화가 나면서 기업이 내걸고 있는 '사람들의 행복한 삶을 위해……' 따위의 이념이 위선적으로만 들릴 뿐이었다.

그러나 많은 기업을 조사해가다 보니 일반인과 장애인을 구별하지 않고 선발하는 기업이나 "의욕만 있으면 꼭 지원해주십시오!"라고 말해주는 기업도 있어서 화를 내고 있을 여유는 없어져버렸다.

2008년 대졸 신입사원 채용은 리먼 쇼크가 일어나기 전이었기 때문에 기업의 채용 인원수도 비교적 많았고, 채용 담당자의 목소리에도 힘이 들어가 있었다. 리먼 쇼크 후였다면 어떻게 되었을지 모른다. 시기도 좋았고, 취업 활동도 순조롭게 진행되어 면접을 2차, 3차로 진행하는 경우가 늘어났다.

2007년 5월, 교토 자취집에서 오사카의 본가로 돌아가는 차 안에서 한 통의 전화를 받았다.

2008년 1월, 도시샤 대학 졸업식 때.

"소니의 채용 담당자입니다. 전형 결과를 말씀드리겠습니다. 소니에서 꼭 같이 일하고 싶습니다."

"정말입니까? 감사합니다!"

손이 닿지 않는다고 생각하던 상대가 나를 돌아봐준 순간이었다.

삶에 힘을 불어넣기 위해
바꾼 환경

결과적으로 몇 군데에서 합격 통지를 받았는데, 오사카의 한 회사를 제외하고 모두 도쿄 근무였다. 애초에 장애인을 채용하는 회사가 오사카에는 적은 데다 휠체어에 대처할 수 있는 곳도 한정되어 있었다.

"취직 말인데, 도쿄랑 오사카 중에서 어디가 좋을까?"

"글쎄다. 입지만 봐도 소니가 가장 낫지 않겠니?"

엄마도 나와 같은 생각이었다.

아빠는 원래 전자제품을 좋아해서 소니의 전성기를 잘 알고 있었다. 굳이 물어보지 않아도 내가 도쿄에서 살아야 한다는 것과는 상관없이 '소니가 좋다.'고 이미 마음을 굳히고 있었다.

그렇다 하더라도 무슨 일이 있을 때면 즉각 달려와주는 가족이 곁에 없는 환경에서 산다는 것이 불안하기도 했다. 도쿄에는 수학여행 때 가본 것이 처음이자 마지막이었는데, 당시엔 들려오는 표준어에 기분이 나쁘다고 느꼈을 정도다. 집에서 소니가 있는 시나가와까지 비행기를 타고 가면 세 시간이 걸린다고는 해도, 다른 나라에 발을 들여놓는 것과 같은 정도의 용기가 필요했다.

"오사카가 낫지 않을까? 도쿄에서 혼자 살아도 괜찮겠어?"
이웃 아주머니들은 나를 걱정해주었다.
"아이코를 볼 수 없게 되다니 섭섭하구나."
외할머니도 만날 때마다 한숨을 쉬었다.
하지만 엄마는 등을 힘껏 밀어주며 말했다.
"교토에서도 이미 한번 가정봉사원의 도움을 받으며 살아봤고, 너라면 괜찮을 거야."
의논이고 뭐고 없이 명쾌했다. 가족들은 정말로 날 걱정해주긴 하는 걸까……? 내가 도쿄에 가면 보살필 필요도 없고, 이따금 놀러 갈 수도 있다. 그런 속셈도 있었겠지만 '너라면 괜찮을 거야.'라고 믿어주는 데 부담도 느꼈다.

소니를 선택한 것은 소니의 기업 이념에 끌리는 것이 있었기 때문이다.

소니는 일반인이든 장애인이든 구별하지 않고 채용하고 싶은 사람을 채용하는 자세를 취하고 있었다.

"배려는 하겠지만 장애인이라고 특별 취급은 하지 않습니다. 자신이 일하기 쉬운 환경을 만들기 위해 스스로 주변에 적극적으로 손을 쓰는 것도 중요합니다."

채용 담당자에게 그런 말을 듣고 이 회사라면 일반인과 장애인의 구별 없이 같은 환경에서 일할 수 있을지도 모른다고 느꼈다.

일하기 전부터 내 마음속에 제한은 만들고 싶지 않았다. 나의 성장이 거기서 멈춰버릴 것 같은 기분이 들었기 때문이다. 야근도 할 때가 있을 테고, 휴일에 출장 가는 경우가 생길지도 모른다. 그러나 그 이상으로 차별을 받지 않는 환경이 매력적이었다.

게다가 도쿄에서 살 수 있는 기회라는 것은 쉽게 오지 않는다. 시부야의 스크램블 교차로, 신주쿠 알타 앞, 도쿄 타워를 직접 보고 싶었다. 이번 기회를 놓치면 평생 고향을 벗어나지 못하고 가족들에게 폐만 될 것이다.

지금이 아니면 할 수 없는 일을 하자. 그런 약간의 속된 마음과 살기 위해 힘을 북돋우자는 생각으로 나의 도쿄 행은 결정되었다.

다시
걷다

　내 몸이 회복되는 것에 대해 나는 아직 포기하지 않았다. iPS 세포(유도 만능 줄기세포. 줄기세포와 마찬가지로 증식하여 각종 세포로 분화할 수 있는 세포)가 발견되어 지금은 무리일지언정 앞으로 의학의 진보에 의해 다시 혼자 힘으로 걸을 수 있게 되는 것에 희망을 갖고 있다.

　대학 4학년 때인 2007년 가을, 그것은 우연한 만남이었다.

　나는 이따금 척추손상과 관련된 정보를 모으고 있었는데 인터넷에서 척추손상 환자를 위한 전문 트레이닝센터인 제이 워크아웃(JW)을 발견했던 것이다.

　전부터 척추손상 환자용 트레이닝센터가 생긴다는 소문은 듣고 있었지만, 막상 그 실체를 발견하니 이거다 하는 확신이 들었다. 오픈한 지 아직 반년밖에 안 된 트레이닝센터.

　일본에서는 척추손상 환자의 잃어버린 기능을 회복시키기 위한 재활치료는 원래 하지 않았지만 JW에서는 달랐다. '움직일 수 없는 부분'의 기능 회복도 목표로 하여 독자적인 방법을 써서 트레이닝을 하고 있었다. 이제까지 경험해온 재활치료에서는 생각할 수 없는 것이었다.

　내가 찾고 있던 기능 회복. 트레이닝센터의 위치는 가나가와 현의 아쓰기(당시)였지만 나는 즉각 체험을 신청하러 갔다. 아무리 멀어도 거리는 문제가 아니었다.

체험 당일 아침부터 부모님과 신칸 선을 타고 아쓰기로 갔다. 집에서 네 시간이 걸려 도착한 곳은 3층 건물의 1층 전체. 트레이너 두 명에 어시스턴트 한 명의 소규모 트레이닝센터였다.

대표인 와타나베 씨가 우리를 맞아주었다. 와타나베 씨는 미국 샌디에이고에 있는 세계 최초의 척추손상 회복 시설인 프로젝트 워크Project Walk에서 트레이너로 일하며 일본에 그 방법을 도입하는 것을 허가받은 사람이었다. JW 내에는 재활치료 시설로는 보이지 않는, 실제 헬스클럽에서나 볼 수 있는 근육 트레이닝 기계만이 놓여 있었다. 그것을 보고 난 뭔가가 잘못되었다고 느꼈다.

먼저 면담을 하고 의사에게 받은 진단 결과와 지금까지의 재활치료에 대해 상세히 설명했다.

이야기가 대충 끝나고 나자 와타나베 씨는 나에게 질문을 던졌다.

"목표가 있습니까?"

모, 목표……? 처음 받는 질문이었기에 나는 어떻게 대답해야 할지 몰랐다.

"사고 전엔 프리스비 도그를 했는데, 다시 프리스비를 던질 수 있게 되고 싶습니다."

그때 생각난 최선의 대답이었다.

"좋습니다. 다시 던질 수 있게 될 것입니다!"

와타나베 씨는 내 눈을 보며 밝게 말했다.

'응……? 이 사람, 무슨 말을 하고 있는 거지……?'

나는 순간 사고가 정지되었다.

여태 다시는 회복되지 않을 것이라는 말만 줄곧 들었는데, 이렇게 쉽게 장담하다니.

"그것뿐인가요? 다시 걸을 수 있게 되고 싶다고?"

나는 할 말을 잃었다.

"다시 걷고 싶다고 하지 않았나요?"

마음속으로 생각했다. 걷고 싶다고 희망을 갖고 싶어도 더 이상 바라서는 안 된다고 생각하고 있었으니까. 여기서는 지금까지의 일이 모두 싱겁게 뒤집혀버렸다.

"물론 걸을 수 있게 되고 싶습니다!"

이 말을 이렇게 확실하게 하는 날이 오리라고는 생각지도 못했다.

"그럼, 같이 열심히 해봅시다!"

그 말투는 진지함과 자신감이 넘치고 있었다.

와타나베 씨는 이 짧은 대화만으로도 나에게 많은 희망을 안겨주었다.

일본의 다른 재활치료 시설이었으면 나중에 책임질 일이 두려워서 경

2010년, JW에서 일어서면서 공을 던지는 훈련.

솔하게 '회복시켜준다'는 따위의 말은 절대로 하지 않을 것이다. 그러니까 재활치료도 행선지가 불분명한 길을 비틀비틀 걷는 것과 같아서 그냥 시키는 대로 소화해내기만 하는 즐겁지 않은 것이었다.

그러나 여기서는 다르다. 와타나베 씨는 "할 수 있다."고 말해주었다. 이곳엔 내가 바라는 것이 가득 차 있었다.

그 후 두 시간의 체험 트레이닝도 다 처음 경험해보는 것들뿐이었다.

곧바로 다리와 상반신의 상태를 점검받았다. 사고를 당하고 나서 근육 운동을 거의 하지 않았기 때문에 다리는 많이 가늘어져 있었다. 다행히도 관절이 굳어서 움직이지 못하게 된 것은 아니었다.

"여기서는 최대한 세워드릴 것입니다."

철봉 같은 바를 준비하고, 받침대에 앉은 자세에서 글러브로 바와 내 손을 고정시킨다. 그러고 나서 엉덩이를 번쩍 들어 올려주니 쉽게 설 수 있었다.

병원에서 재활치료를 받을 때는 설 필요가 없다는 말을 들었는데 여기서는 시원하게 세워주었다. 오랜만에 내 키인 153센티미터에서의 시선. 잊고 있었던 풍경이었다. 사람의 얼굴이 가깝게 보인다. 올려다보지 않아도 된다. 발바닥에 느껴지는 내 몸무게도 '이런 느낌이었지.' 하고 반가웠다. 1년 6개월 만에 자신의 다리로 똑바로 서 있는 거울 속 내 모습을 보고 사고를 당하기 전의 나를 다시 한 번 만난 것 같은 기분이 들었다.

그 외의 메뉴도 처음 해보는 것뿐이었다. 다리를 단련하는 트레이닝 기구를 사용하여 다리를 움직이는 모습을 머릿속에 그리면서 와타나베 씨의 보조를 받으며 다리를 움직였다. 복근과 몸통을 단련하기 위해 보조를 받으면서 복근 운동을 했다.

재활치료를 받기 위해 병원을 옮기고 나서 보낸 9개월의 시간은 무엇이었단 말인가. 그런 생각이 들 정도로 놀라움의 연속이었다.

그리고 기적이 일어났다.

그때까지 내 오른손 손가락은 전혀 움직이지 않는 상태였다. 손목을 움직일 수는 있었지만, 손가락은 까딱도 하지 않았다. 와타나베 씨가 진동을 일으키는 기구로 내 손가락과 팔을 자극해주었다.

"조금 움직여보세요."

그러자 전혀 움직이지 않을 줄 알았던 손가락이 아주 조금, 5밀리미터 정도였지만 내 의지로 움직이는 것이 아닌가.

"계속해주면 좀 더 좋아질 거예요."

이렇게 단시간에 손가락을 움직이게 하다니, 무슨 마술이라도 부린 겁니까……? 라고 물어보고 싶을 정도였다. 실로 와타나베 매직이었다.

나는 앞으로도 계속 이 트레이닝센터에 다니고 싶었다. 취직해서 도

2015년, JW에서 몸통과 팔의 근력 강화 훈련.

쿄로 가는 것이 정해져 있었기 때문에 교토에 있는 동안에는 2주일에 한 번 신칸 선을 타고 다니고 도쿄로 이사 간 뒤에는 1주일에 두 번 다니게 되었다.

지금도 매주 빠짐없이 다니고 있다. 손가락을 구부릴 수는 없지만 내 뜻대로 움직일 수 있는 범위는 늘어났다. 무겁지 않은 것이면 집어 올릴 수 있게도 되었다. 땅바닥에 떨어진 것도 전보다 쉽게 집을 수 있게 되었고, 무엇보다도 몸통이 단련되어서 자세가 꼿꼿해졌다.

일상생활 속에서의 동작을 편하게 할 수 있게 된 것과 하나의 동작에 걸리는 시간이 조금이라도 짧아진다는 것은 크다. 걸을 수 있게 된 것은 아니지만 몸이 조금이나마 회복된다는 것만 해도 나에게는 중요한 일이었다.

유감스럽게도 와타나베 씨는 이미 이 세상에 없다. 2010년 11월, 마라톤을 하다가 쓰러져서 29세의 젊은 나이에 세상을 떠났다.

돌아가시기 얼마 전까지만 해도 트레이닝센터에서 즐겁게 이야기를 주고받았는데. 부고를 들었을 때는 믿을 수 없었고, 믿고 싶지도 않았다. 척추손상 환자를 걸을 수 있게 하겠다는 큰 꿈을 안고 모두에게 희망을 주던 사람이 도대체 왜? 세상은 정말 불합리하다.

처음에는 와타나베 씨의 말에 '무슨 근거로 할 수 있다는 거지?'라고

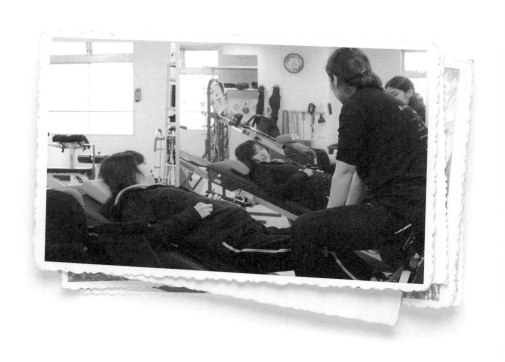

2015년, JW에서 다리의 근력 강화 훈련.

의심했지만 지금은 '할 수 있다, 할 수 없다'의 문제가 아니라 '희망을 가지라'는 말이었다고 생각한다.

'자신이 믿지 않으면 시작할 수 없다'는 것을 나에게 가르쳐준 사람이었다. 와타나베 씨는 이제 볼 수 없지만 앞으로도 나는 희망을 안고 계속 걷고 싶다고 생각한다.

5

자유를 선택하며
다진 각오

마침내
도쿄로

근무지는 시나가와로 이미 확정되어 있었기 때문에 입사 반년쯤 전부터 시나가와 주변에서 살 집을 찾기 시작했다.

회사 기숙사도 선택지 중 하나였지만 근무지에서 떨어진 곳에 있었고, 매일 혼잡할 때의 출퇴근, 혹은 차를 이용한 출퇴근은 나의 장애 상태를 고려하면 불가능에 가까웠다.

근무지 주변은 사무실이 밀집해 있는 곳이라 아파트가 적기 때문에 쉽게는 찾을 수 없었다. 여기서도 휠체어 사용이라는 벽이 가로막고 있었다.

부동산 몇 군데에 약속을 잡고 집을 보러 다니기로 했다.

'아파트 임대, 휠체어 사용, 리모델링 가능.' 이런 까다로운 조건을 충족시킬 수 있는 물건을 과연 찾을 수 있을까? 그러나 사회생활을 시작하기 위해서는 어떻게든 찾아내야만 했다.

추위가 점점 심해지는 시기에 엄마와 나는 시나가와로 갔다.

"주말이라 사람들이 없나?"

"평일엔 사람들로 북적이는데, 정말 없네."

우리는 먼저 주말의 인적이 드문 거리의 모습에 놀랐다.

지금이야 아파트도 들어서고 인구도 늘었지만, 당시엔 인적이 드물어서 시나가와 역에서 조금만 가면 도쿄라고는 생각할 수 없는 곳이 펼쳐져 있었다. 편의점도 오후 6시면 문을 닫았다. 24시간 영업을 상식으로 알던 나에게는 편의점이 문을 닫는 것 자체가 충격이었다.

아파트 몇 군데를 둘러보았지만 트럭의 교통량이 많아서 휠체어를 타고 다니기에는 위험하거나, 출입구가 자동문이 아니어서 물리적으로 어렵다는 등의 이유로 포기했다.

한번은 부동산에 휠체어를 타고 간다고 미리 말해놓았는데 보기로 한 아파트의 문 앞까지 가서 "거실에 상처가 나니까 휠체어를 타고 들어가는 것은 삼가주세요."라는 말을 들은 적도 있었다. 일부러 오사카에서 온 의미가 없었다. 미리 말해주었으면 좋았을 텐데.

또 한번은 입지와 방 배치가 모두 마음에 들어서 계약하려고 했더니 소유 회사로부터 "이번 이야기는 없었던 것으로 해주십시오."라는 연락을 받았다.

이유를 물어보아도 그저 '없었던 것으로 해달라'는 말뿐이었다. 아파트 출입구에는 휠체어 통로까지 설치되어 있었는데.

"환영받지 못한다면 내가 취소하겠어."라고 말하고 싶었지만 근무지 근처의 아파트 수가 한정되어 있었기 때문에 조건이 맞는 물건이 하나 없어지는 것은 안타까운 일이었다.

"누구든 나이를 먹으면 휠체어를 사용할지도 모르는데 말이야."라고 푸념하며 엄마와 답답한 마음을 진정시켰다. 그러나 이러한 경험도 나름대로 좋은 사회 공부가 되었다.

우리는 굴하지 않고 계속 찾아다닌 끝에 겨우 조건에 맞는 집을 찾을 수 있었다. 입지도 방 배치도 좋고, 무엇보다도 집 주인이 집을 리모델링하는 것을 허락해주었다. 버리는 신이 있으면 구해주는 신도 있는 법. 세상은 아직 살 만한 곳이었다.

이것으로 집은 해결되었고, 마침내 이주할 동네도 정해졌기 때문에 복지 서비스에 관한 상담을 받으러 구청으로 갔다. 복지과 직원과 상담 지원사업소 직원이 함께 상담 창구가 되어주었다.

어느 시간대에 가정봉사원이 필요한지, 일주일 동안의 계획을 혼자 세운 다음 가정봉사원 사업소를 소개받았지만 마땅한 곳을 찾을 수 없었다. 왜냐하면 나는 낮엔 회사에 가야 하기 때문에 아침에는 출근 시간에 맞춰서 와야 하고, 저녁엔 퇴근 시간에 맞춰서 올 필요가 있었다. 따라서 학생 때와는 달리 아침은 빠르고 저녁은 늦었다. 그런 나에게 맞춰 줄 수 있는 사람이 드물었던 것이다.

"장애를 안고 일하는 사람들은 다들 어떻게 하고 있나요?"

상담지원사업소 직원에게 물어보았다.

"오카자키 씨와 같은 장애 정도로 혼자 살면서 풀타임으로 일하는 분의 전례가 없습니다."

세상에는 이렇게 많은 회사가 있고 장애인도 있으니까, 나와 같은 사람이 반드시 있을 것이라고 생각했건만.

소니의 채용 담당자에게도 나중에 나와 같은 장애를 가진 사람을 채용한 것은 모험이었다는 말을 들은 적이 있었다. 제이 워크아웃에서도 경추손상을 입고 혼자 사는 사람 중에서 풀타임으로 일하는 사람은 거의 없다는 말을 들었던 기억이 난다.

의기양양하게 상경을 결심했지만 너무나 빨리 암운이 드리웠다.

개호라는 이름의 제한

학생에서 사회인이 되는 타이밍이라는 것은 이별과 만남의 교차점이다.

졸업 후 친구들은 대부분 고향을 떠나지 않았다. 나처럼 도쿄를 비롯한 간토 지역으로 가는 친구도 몇 명 있었지만, 그들도 2~3년 만에 돌아오곤 했다.

대학 시절, 함께 있는 시간이 가장 길었던 다케모토도 오사카에서 사회생활을 시작했다.

"오카자키가 도쿄에 가다니 너무 섭섭하다. 싫어, 안 가면 안 되니?"

마지막에 만났을 때 그녀는 이별을 아쉬워하며 펑펑 울었다. 내가 자기의 연인이라도 되나······?

하지만 이런 말을 해주는 사람은 외할머니와 다케모토 정도였다.

"다음 달 골든위크 때 또 볼 수 있는데 뭐."

그녀는 내가 아무리 달래도 유치원생처럼 흐느껴 울었다. 아이라인이 번져서 눈에서 검은 눈물을 진지하게 흘리고 있는 모습이 우습기도 하고, 한편으로는 그동안의 배려가 너무나 감사했다.

지금까지 교토에서 자취하고 있었다고는 해도 여동생이 거의 매일 와주었기 때문에 온전히 혼자서만 산 것은 아니었다.

앞으로는 "배고프니까 집에 오는 길에 디저트 좀 사와."라고 말할 수 있는 상대가 없다. 완전히 혼자다. 낯선 환경의 도쿄에서 과연 정말로 혼자 살 수 있을지, 주 5일 동안 일할 수 있을지, 전혀 감이 오지 않는 미지의 세계였다.

도쿄에 와서 처음 느낀 것은 물가가 비싸다는 것이었다. 슈퍼마켓에 가도 물건 값이 다르고, 레스토랑에 가도 비싸다. 빵 하나의 가격도 다르다.

"이러면 도쿄에서는 살지 못해."

나는 비통함에 휩싸였다.

문화의 차이도 신선했다. 전철을 타면 좌석이 꽉 차서 서 있는 사람도 있는데 우대석만은 비어 있는 경우도 많고, 전철 안은 조용했다. 오사카의 시끄러움과 매너에 익숙해져 있는 나에게는 위화감이 있었다.

"오사카에서는 있을 수 없는 일이야."

그런 말을 매일 중얼거렸다.

도쿄에 오고 나서 초기에는 아직 생활 리듬이 만들어지지 않아서 매일 아침과 저녁에 가정봉사원이 집으로 와야 했다. 가정봉사원이 아침 7시에 와서 출근 준비를 해주고, 나는 9시부터 회사 일. 밤에는 21시부터 22시까지 가정봉사원이 와 있으니까 내가 유일하게 혼자 있을 수 있는 것은 22시 이후였다.

회사는 4월 1일부터 나갔는데 매일 신입사원연수가 이어졌다. 부서에 배치되고 나서도 업무 방법도 모르고, 시간 관리도 할 수 없었다. 익숙지 않은 일에 우왕좌왕하면서 피로만이 쌓여갔다.

22시에 가정봉사원이 돌아가면 피곤해서 곧장 잠에 곯아떨어졌기 때문에 이 시기에 나만의 시간을 가지며 느긋하게 쉴 수 있었던 것은 토요일과 일요일뿐이었다.

"이런 생활이 계속되다간 정말로 쓰러질지도 몰라."

처음 일을 시작했을 때부터 진심으로 초조했다. 깨닫고 보니 불면증도 시작되고 있었다. 무슨 수를 쓰지 않으면……. 무엇보다도 내 시간이 필요했다.

입사 후 한동안은 환송영회와 친목회 등 다양한 행사가 있었다. 지인과 식사를 하러 가기도 했다. 자연스럽게 술자리나 가정봉사원 중 하나를 거절해야만 했다.

가정봉사원 사업소에서는 정기적으로 간병에 투입할 수 있도록 인력을 확보해놓고 있었기 때문에 취소하는 경우가 많으면 곤란하다. 그렇다고 해서 회사나 개인적인 술자리도 매번 거절할 수만은 없다. 인간관계가 나쁜 사람으로 찍히고 만다.

"오늘은 같이 저녁 먹고 가죠?"

이런 갑작스러운 제안에도 일체 응할 수가 없었던 것이다. 가정봉사원의 방문이 오히려 나의 자유를 속박하는 듯해서 나는 딜레마에 빠졌다.

그러다가 나는 내 자유를 우선시하여 저녁에는 대부분 가정봉사원의 방문을 거절했다. 가정봉사원의 도움을 받는 것은 거의 요리였는데, 도시락이나 회사 식당을 이용하면 되었다.

가정봉사원에게 도움을 받는 것은 분명한 사실이지만, 그것이 오히려 나의 생활을 제한하는 경우가 있어서 요령껏 부탁하는 데 어려움을 느꼈다.

어떻게든 된다는 말은
어쩔 도리가 없다는 말

나는 욕창이 쉽게 생기는 체질인 모양이다. 지금까지 몇 번이나 생겼는지 모른다.

휠체어에 앉아 있는 이상 늘 욕창과의 전쟁이다. 몸 상태가 조금만 안 좋아도 생기고, 옷이 비틀리거나 쓸려도 피부가 벗겨지곤 한다. 장소도 엉덩이에만 생기는 것이 아니라 발뒤꿈치에 생긴 적도 있다. 발뒤꿈치에 생긴 욕창은 한마디로 시커멓다. 오른발 발뒤꿈치 안쪽이 까매지고, 물집이 잡혀서 쭈글쭈글한 상태가 된다. 이것을 마취도 하지 않고 가위로 잘라내는 모습을 보고 나는 얼굴이 창백해졌다.

'여기 빨갛게 부어오른 것은 위험할지도 몰라.'

'이렇게 계속 누워만 있으면 위험해.'

몇 번이나 욕창이 생기자 욕창의 위험을 감지하는 능력은 좋아졌고, 미리 예방하는 방법도 익혔다.

등이나 엉덩이는 직접 확인할 수 없기 때문에 욕창이 생기지 않았는지 정기적으로 체크를 받아야 했다. 그리고 목욕을 하거나 화장실에 갈 때도 수발을 들어줄 사람이 필요했기 때문에 가정봉사원과는 별도로 간호사도 불러야 했다.

그러나 이 또한 마땅한 사업소를 찾을 수 없었다.

애초에 사업소의 수가 적었고, 간호사의 수도 적었다. 게다가 밤 시간대에는 조건을 충족시켜주는 사업소는 거의 없는 것과 같았다. 그래도 구청 복지과 직원이 휴일까지 출근해가며 적극적으로 찾아준 덕분에 겨우 찾을 수 있었다.

그러나 몇 개월이 지나자 인력이 부족하다며 그마저도 계약이 해지되었다. 다시 찾아도 어느 정도 지나면 사람이 없어서 계약이 해지되는 일이 반복되었다.

한번은 또다시 사업소 측의 계약 해지로 구청 직원이 다른 곳을 알아봐주었는데 그때는 정말로 마땅한 곳을 찾을 수 없었다. 그러다 겨우 한 군데 찾아냈는데, 그 사업소에서 제시한 금액을 본 순간 나는 너무 비싸서 말이 나오지 않았다.

방문 간호는 보험이 적용되는 곳과 적용되지 않는 곳이 있다. 보험이 적용되면 부담이 없지만 대개는 적용되지 않는 경우가 많다. 그 사업소에서 제시한 금액은 다른 곳보다 1.5배 정도 비쌌다. 금액 내역을 보니 방문 비용 외에 '교통비 6,000엔'이 추가되어 있었다. 사업소가 있는 역에서 우리 집과 가장 가까운 역까지는 전철을 타면 왕복 700엔 이하, 택시를 타도 왕복 4,500엔 정도일 것이다. 교통비로 6,000엔이나 들 일이 없다.

"이게 뭐야……?"

내가 어쩐지 약점이 잡힌 듯한 기분이었다. 그래도 한편으로는 다른 사업소를 계속 찾으면서 부탁할 수밖에 없었다.

누군가의 도움이 필요한 사람이 독립해서 혼자 살려고 하면 남의 손을 빌리는 데 그 나름의 돈이 들게 된다. 필요한 것이기 때문에 부탁할 수밖에 없는 상황에서 참으로 처량한 기분이 든다.

그런 기분이 들면 어떻게든 된다는 말은 당치도 않은 거짓말이다. 어쩔 도리가 없는 경우도 있다. 특히 돈은 어떻게 할 수가 없다. 낙관적으로 들리는 '어떻게든 된다'는 우리가 겨우겨우 해온 결과라는 것을 통감할 수 있었다.

원점으로
돌아가서

도쿄에 가기로 결심했지만 개들을 보면 미련이 남았다. 솔직히 가족과 헤어지는 것보다 개들과 헤어지는 것이 더 섭섭했다. 개들과 노는 것은 내 생활의 일부였고, 특히 다이너와는 단짝 같았다. 다이너는 나에게서 시선을 떼지 않았다. 내가 움직이는 곳이면 어디든 그의 시선이 따라왔다. 스토킹을 당하고 있는 듯한 찝찝한 기분도 들었지만 그런 모습이 한편으론 귀엽기도 했다.

게다가 다이너는 보조견 역할을 대신해주고 있었다. 나는 손을 쥘 수 없기 때문에 종종 물건을 떨어뜨리는데, 다이너는 떨어뜨린 펜이나 휴대전화기를 주워서 내 무릎까지 가져다준다.

물론 그런 다음에는 나로부터 최대급의 감사와 간식이라는 선물이 기다리고 있다. 그래서 다이너는 늘 내 옆에 바싹 붙어서 내가 뭔가를 떨어뜨리지 않는지 기다리고 있을 정도였다. 이 훌륭한 보조견을 도쿄로 데리고 가고 싶었지만 임대 계약서에 애완동물은 소형 사이즈까지만 허용한다고 되어 있었다.

"다이너, 내가 없어도 굳세게 잘 살아야 해."

이런 말로 이별의 아쉬움을 대신했다.

통원 치료를 받으러 오사카에 올 기회는 있었지만 곁에 있으면서 희로애락을 공유할 수 없는 것은 어딘지 성에 차지 않았다. 게다가 본가에서의 내 존재가 가끔 오는 사람으로 영락하여 다이너의 스토킹 상대가 엄마로 완전히 옮겨가 버렸다. 개는 솔직하다.

도쿄에 간 뒤로도 연 1회 봄이 되면 귀성에 맞춰서 프리스비 도그 대회에 참가했다. 이 이벤트만은 절대로 빼놓을 수 없었다.

다이너와 함께 경기장에서 플레이를 하고 싶었고, 경기장에서는 다이너가 그 어느 때보다도 활기에 차 있는 모습을 볼 수 있었다. 정원에서 프리스비를 할 때와 대회 경기장에서 프리스비를 할 때는 다이너의 눈빛부터 달랐다. 차를 타고 간 곳이 대회 경기장이라는 것을 알았을 때 꼬리를 흔들며 한껏 들떠 있는 다이너의 모습을 보면 나까지 즐거워진다.

평소 산책할 때는 줄을 끌어당기는 일이 없지만 대회 경기장에 오면 빨리 프리스비를 하고 싶은지 힘차게 끌어당긴다. 그 모습을 볼 때마다 올해도 다이너와 올 수 있어서 다행이라고 절실히 느낀다.

대회라고는 해도 승패와는 상관없이 경기장에서 다이너와 즐겁게 프리스비를 할 수 있는 것이면 충분했다.

대회 종목 중에 페어 대회라는 것이 있다. 2인 1조가 되어 번갈아가며 개에게 프리스비를 던져서 점수를 겨룬다. 내가 프리스비를 던지면 항상 거리가 나오지 않아서 다이너도 지루할 것이라 생각한 나는 거리가 잘 나오는 애견 친구에게 부탁해서 함께 페어 대회에 참가했다.

"레디고!"라는 신호에 맞춰서 다이너는 기세 좋게 달려 나간다. 8미터쯤 내가 던진 프리스비를 쫓아갔다가 돌아온 후 다시 단숨에 가속해서 전속력으로 경기장을 달리기 시작한다. 40미터쯤 날아가는 프리스비를 가볍게 쫓아가며 멋지게 뛰어오른다. 캐치하든 못하든 상관없이 득의양양하게 돌아오는 다이너를 보고 있으면 다이너와 나의 원점으로 돌아간 듯한 기분이 들었다.

내 차례가 끝난 후 애견 친구들은 저마다 "오늘도 캐치하지 못했구나? 다이너답다."라고 말해준다. 다이너답다는 말을 듣는 것이 우리에겐 가장 큰 칭찬이었다.

즐거운 것은 즐겁다고 확실하게 표현해주는 점이 개의 장점이다. 이런 모습을 볼 때마다 나는 나 자신에게 솔직해지자고 생각한다.

일은
어려워

내가 도쿄에 와서 회사에서 일한다는 것은 정말로 큰 도전이었다. 처음 경험하는 일이라 도대체 내 몸의 한계가 어디인지 스스로도 파악하지 못했기 때문이다. 지금 생각하면 20대 초반이었기에 가능했다는 생각이 절실히 든다. 지금 다시 한 번 주 5일, 풀타임 근무에 야근까지 하며 일하라고 하면 무리일지도 모른다.

입사하고 나서 나는 인사부에 배속되었다. 인재육성을 담당하는 부서로 연수 기획과 운영을 중심으로 사원들의 커리어 형성이나 입사식 등 관여하는 업무가 다방면에 걸쳐 있었다.

같은 부서의 직원은 모두 네 명. 그 네 명이 연간 약 200회가 실시되는 연수를 기획 · 운영하고, 거기에 더해 각자 맡고 있는 프로젝트를 진행한다.

어떤 일이든 서로 협조하여 진행하는데 소수로 진행하는 터라 개개인의 책임은 크고, 그만큼 신입에게도 어느 정도 업무가 할당된다.

특히 내 경우는 일할 수 있는 시간이 정해져 있었다. 처음엔 아침과 저녁에 가정봉사원이 오기로 되어 있어서 아침 일찍 출근하기가 어렵고, 저녁에 오기로 되어 있는 날은 그 시간까지 귀가해야만 했다.

또 출퇴근 시간을 정해진 범위 내에서 스스로 선택할 수 있는 플렉스타임flextime을 이용하여 평일 하루는 아쓰기의 트레이닝센터에 다니기로 했기 때문에 오후 4시에 조퇴하는 날이 있었다. 조퇴로 일을 못하는 만큼은 다른 날에 보충한다. 시간 관리는 매우 중요했다.

신입일 때는 하는 일마다 고민이 이만저만이 아니었고, 무슨 일을 하든 어쨌든 시간이 걸렸다. 메일을 보내는 데도 경어나 답변이 올바른지 걱정되어서 보내기 버튼을 누르는 데 주저했다. 회의 일정을 조정하는 것도, 어느 회의실을 쓰면 되는지도 고민했다.

신입이면 누구나 겪는 일을 겪은 것이지만 입사하고 몇 개월인가 지나서 나는 감기에 걸리고 말았다.

외출했다가 회사에 돌아올 때 비를 맞은 것이다. 나는 양손으로 휠체어를 조정해야 하기 때문에 우산을 쓰지 못한다. 평소에는 비옷을 갖고 다니는데 그날은 하필이면 집에 두고 왔다. 어쩔 수 없이 비에 젖으면서 회사로 돌아왔다. 기온도 그리 높지 않은 날이었기 때문에 몸이 금방 차가워졌다.

익숙하지 않은 일을 하느라 쌓인 피로에 한기가 겹쳤는지 열이 나기 시작했다.

그리고 다음 날 아침에 일어났는데 한기와 나른함에 몸이 움직이지 않았다. 이런 상태로는 출근하는 것 자체가 정말 무리이지 싶어서 회사에 연락했다.

"죄송합니다. 몸에 열이 나서 오늘은 쉬어야 할 것 같습니다."

"괜찮아? 무리하지 말고 편히 쉬어."

몇 년 만에 걸린 감기는 독했다.

열은 38도 전후. 혼자 사는 사람이 아플 때만큼 서러운 것도 없다.

"감기가 걸려서 그러는데 죽 좀 끓여주실 수 있어요?"

아침에 온 가정봉사원에게 부탁하고 침대에 누웠다. 보일러를 최대한 올리고 이불을 머리까지 뒤집어썼다. 그래도 한기가 가시질 않았다.

죽을 먹기 위해 침대에서 일어나 휠체어로 옮겨 타는 데도 힘이 없어서 비틀거리며 떨어질 뻔했다. 휠체어를 조금 움직이는 것도 버겁다. 전기밥솥에서 접시로 옮기는 데도 온몸이 나른하다. 침대로 다시 옮겨갈 여력도 없어서 결국 휠체어에 앉은 채 잤다.

다음 날도 열과 한기는 전혀 나아지지 않았다.

"죄송합니다. 감기가 아직 낫지 않아서 오늘도 쉬어야 할 것 같습니다."

"혼자서 괜찮겠어?"

"정말? 뭐 필요한 거 있으면 말해. 바로 가져다줄 테니까."

도움을 청할 일은 없었지만, 유사시에 회사와 집이 가까운 것은 안심이 되었다.

죽은 보온할 수 없는 것도 모르고 전날에 두 홉이나 끓여놓아 차갑게 식은 것을 참고 먹었다. 먹고 나서는 바로 침대로.

전날에 감기에 걸렸다고 엄마한테 연락했더니 다음 날 점심때가 지나 오사카에서 오겠다고 하셨다.

12시쯤 인터폰이 울었다.

모니터를 보고 "어?" 하고 아무 생각 없이 뻗으려던 손을 멈췄다. 회사 소속 의사 선생님이 모니터 화면에 나와 있었다. 나는 화장도 하지 않고 티셔츠 차림에 머리는 부수수했다. 남에게 보여주고 싶지 않은 모습이었지만, 부랴부랴 "들어오세요."라고 말하며 문을 열었다.

"걱정이 돼서 상태가 어떤지 살피러 왔어요."

"죄송합니다! 그리고 이렇게 와주셔서 감사합니다."

"전화를 해도 받지 않으니까 회사 사람들이 걱정을 많이 해요."

"네? 아, 자느라 몰랐어요. 죄송합니다."

휴대전화기를 보자 부재중 전화가 몇 통 와 있었다.

"약은 있어요? 열은 좀 어때요? 가족 중에 누가 오시나요?"

"감기약을 먹었고, 열도 37도 정도로 떨어졌습니다. 엄마도 곧 오실 거예요."

"다행이네요. 그럼 안심입니다."

회사 동료가 걱정이 돼서 의사 선생님한테 연락했다고 한다.

내가 몸 관리에 소홀했던 것이 너무나 죄송스러웠다.

결국 감기가 쉽게 낫지 않아서 회사를 일주일이나 쉬었다.

오랜만에 회사에 나가자 모두가 따뜻한 말로 나를 맞아주었다. 일주일이나 쉬면서 회사에는 폐만 끼쳤는데도. 나는 그 일을 계기로 몸 관리만은 소홀히 해서는 안 되겠다고 마음속으로 맹세했다.

장애를
핑계 삼고 싶지 않다

소니의 창업자인 이부카 마사루 씨는 다음과 같은 말을 남겼다.

"장애인을 특별히 대우하지 않고 엄중한 잣대를 적용하면 일반인보다 더 뛰어난 성과를 낸다."

이 이념 아래에서 일할 수 있었던 것은 매우 좋은 경험이 되었다. 다른 동기와 같은 출발선에 설 수 있었고, 내가 장애를 안고 있다는 것을 특별히 의식하지 않고 일할 수 있었다고 생각한다. 출장이나 외출을 할 경우에는 가기 힘든 장소도 있었기 때문에 다른 사람이 대신 가준 경우도 있었지만 가능한 한 직접 가려고 했다.

입사하고 몇 달쯤 흘렀을 때 부서와 부서가 통합하는 대규모 조직 개편이 있었다. 일할 수 있는 시간도 한정되어 있고, 떨어뜨린 것을 주워 달라는 등 사소한 도움을 청할 일이 많은 나에게는 주위 사람이 바뀌는 것에 불안감도 있었다.

조직 개편이 되기 전, 새로운 상사와 과원 간의 상견례를 겸해서 면담 시간을 가졌다. 지금 자기가 하고 있는 일 따위를 대강 말하고 나서 마지막에 이런 말을 들었다.

"이번에 과원 전원이 오카자키 씨의 몸 상태에 대해 주의하지 않으면 안 되는 것이나 필요한 지원은 어떤 것이 있는지 파악해두려고 합니다. 직원들도 어떻게 하면 되는지 모르는 것이 있을 테니 서로 그 점에 대해 이해하고 나서 일하도록 합시다."

설명의 장이 마련되어 있는 것은 안심이었다.

나는 즉시 간단하게나마 내 신상 정보를 정리한 자료를 준비했다. 내가 그들에게 전달한 것은 트레이닝 때문에 오후 4시에 퇴근하는 날이 있다는 것과 떨어뜨린 것이나 손이 닿지 않는 것을 집어 달라는 것, 무거운 문을 열고 닫을 때는 부탁할지도 모른다는 것, 휠체어를 밀어줄 필요는 없고, 필요할 때는 그때그때 말하겠다는 것 등이었다.

이렇게 처음에 기회를 마련해준 덕에 서로 원활하게 일할 수 있는 환경이 만들어졌다고 생각한다.

학생 때와는 달리 모두가 인생 경험이 풍부한 어른들뿐이다. JR 후쿠치야마 선 탈선사고에 대한 반응도 좋은 의미에서 뜨뜻미지근했다. 그 덕에 보이지 않는 벽을 느끼지 않을 수 있었다고 생각한다.

그 상사는 이런 말도 해주었다.

"시력이 나쁜 사람이 안경을 쓰듯이 오카자키 씨의 장애도 개성이라고 생각합니다."

그 말에 나는 더욱 '나한테는 장애가 있으니까……'라고 태평한 소리를 할 수 없다는 생각에 사로잡혔다.

장애를 핑계로 삼을 일은 얼마든지 생길 수 있고, 그 편이 편하다고 생각한다.

나도 장애를 핑계로 불가능하다고 한 적이 몇 번이나 있었다. 예를 들면 연애다. '애인이 생기지 않는 것은 내가 휠체어를 타고 있기 때문이야.'라고 몇 번이나 생각했던가. 하지만 휠체어를 타고도 결혼한 사람은 얼마든지 있다. 현실을 직시했더니 남는 것은 허탈함뿐이었다. 내가 노력하지 않는 것에 대한 단순한 변명.

그래서 난 '장애를 핑계 삼지 말자.'고 결심했다. 장애를 핑계 삼게 되면 그 이상은 아무것도 바랄 수 없기 때문이다.

내 마음속에 떠오르는 일을 할 수 있는 만큼 해보고 도저히 할 수 없다고 납득했을 때 비로소 포기라는 선택지를 추가하겠다고 생각하고 있다.

지금까지는 아직 포기라는 선택지는 나오지 않았다.

6

나의 한계를
정하지 않는다

미래에 대한
위기감

입사 3년째가 지나며 나의 인생에 대해 생각하게 되었다.

업무에도 익숙해지고, 일상생활에도 일정한 리듬이 생겨서 마음에 여유가 생길 무렵이었다. 담당하는 업무의 수준은 올라갔지만 소속 부서는 같았다.

"해보고 싶은 일 있어요?"

어느 날 상사가 물었다.

"인사 담당자로 지금 부서보다 직원들을 좀 더 가까운 곳에서 지원할 수 있는 일을 하고 싶습니다."

나는 어련무던한, 늘 그렇듯 판에 박힌 말로 대답했다.

사고를 당한 뒤 복학은 물론 취직도 해서 도쿄로 나와 혼자 살며 일하고 있다. 돌이켜보면 그때그때의 흐름에 몸을 맡기고 혼신의 힘을 다해 끊임없이 달려왔다.

'복학하지 않으면.'

'일자리를 구하지 않으면.'

'일에도 생활에도 익숙해지지 않으면.'

뭔가 하지 않으면 안 된다는 반 협박에 쫓기는 듯한 심정으로 여기까지 왔다. 그렇게 일이나 생활에 어느 정도 익숙해진 지금은 앞으로 어떻게 해야 할지 감을 잡지 못하는 불안감에 마음속에 구멍이 뻥 뚫린 듯하다. 여태 너무나 힘든 시기를 살아온 탓일까. 뭔가 부족하다는 느낌을 지울 수 없다.

평일엔 회사에 가고, 주말엔 트레이닝센터에 가거나 친구랑 논다. 그 외에는 거의 변화가 없는 하루하루를 보내고 있다. 일하고 싶다는 목표도 그럭저럭 달성했고 "앞으로 뭘 하고 싶니?"라고 자문자답을 되풀이하고 있었다.

당시 나는 스물다섯 살. 세상의 기준으로는 젊은 층에 속한다고 생각하지만 체력적인 측면에서 피곤하다고 느낄 때가 많아졌다.

내 몸은 마비에 의해 자율신경의 기능이 저하되어서 체온조절이 잘 되지 않는다. 마비된 부분인 목 아래는 땀을 흘리는 일이 없다. 기온이 올라가면 체온을 떨어뜨리는 기능이 제 역할을 하지 못해서 나도 모르는 사이에 체온이 38도를 넘은 적도 있다. 그렇게 되면 머리가 멍하고 현기증이 일어난다. 냉매를 목에 대고, 냉방 장치로 실온을 내리고, 차가운 음료를 마시며 필사적으로 체온을 떨어뜨린다.

반대로 기온이 내려가면 스스로 체온을 올리기가 어려워 집 안에서도 추워서 벌벌 떤다. 실내에서 다운재킷을 입고, 그 위에 모포를 뒤집어쓴다. 특히 왼다리는 마비가 심해서 겨울에 외출했다 돌아오면 장딴지부터 아래쪽이 얼음장처럼 차갑다. 왼다리는 혈류도 별로 좋지 않아서 오른다리와 왼다리를 비교하면 발톱이 왼쪽은 현저히 늦게 자란다. 근육량도 다르기 때문에 다리의 굵기도 왼다리 쪽이 가늘다. 정말이지 성가신 몸이다.

환절기인 봄과 가을이 되면 기온 변화에 따라가지 못해서 마음은 좀 더 움직이고 싶은데 몸이 생각처럼 움직이지 않는다고 느낄 때가 많아진다.

이런 상태로 앞으로 정년까지 회사에서 일할 수 있을지 어떨지 생각해보면 어렵다는 것은 눈에 선하다. 설령 40대 정도까지 일할 수 있다하더라도 회사를 퇴직하고 나서 그 후에 뭘 할지 생각해봤더니 마흔 살이면 내가 새로운 도전을 하기엔 체력적으로 좀 늦지 않을까 싶었다.

앞으로의 일을 생각할 때마다 언제까지 일할 수 있을지, 위기감만 점점 심해졌다.

지금 시점에서 척추손상은 치료할 방법이 없다.

골절된 목 아래는 내장기관을 포함해서 병에 걸릴 위험이 일반인보다 높다고 한다. 폐활량은 일반인의 절반 수준밖에 되지 않아서 폐렴에 걸릴 확률이 높고, 호르몬 밸런스도 이미 무너져서 매년 부인과 검진을 빼놓지 않고 받고 있다. 의사 선생님으로부터는 늘 감염증에 주의하라는 충고를 듣고 있다.

게다가 생활하는 데도, 휠체어나 장비를 살 때도, 가정봉사원이나 방문 간호사를 부를 때도 비용이 든다. 체력적인 면과 금전적인 면을 생각하니 앞으로의 미래가 어두워 보였다.

일도 못하고 복지수당이나 연금에만 의존하는 것은 내키지도 않고, 사고 싶은 것을 사고 가고 싶은 곳을 가면서 살고 싶다면 스스로 어떻게든 방법을 찾아낼 수밖에 없다.

그런 생각을 할 때마다 지금 회사에서 계속 일하는 것보다 스스로 살아갈 수 있는 무언가를 체력이 있을 때 마련해놓는 것이 장래를 위해서도 좋지 않을까 싶었다.

이 시기에 내 마음속에서는 '창업'이라는 새로운 선택지가 어느새 크게 자라나 있었다.

하고 싶은 일에
모든 힘을 쏟다

나는 어렸을 때부터 외할아버지, 외할머니를 무척 좋아했다. 외할머니 집에 놀러 가서는 집에 돌아가고 싶지 않다고 울며 엄마를 난처하게 했던 것은 그리운 추억이다.

외할아버지는 대를 이어서 된장 회사를 운영하고 있었다. 다바 사사야마에 된장 공장이 있고, 대형 호텔에 납품도 하고 된장 콘테스트에서 백된장이 입상하는 등 나름대로 성공한 된장 회사였다. 매일 그 된장으로 끓인 된장국을 먹었기 때문에 식사할 때 된장국이 빠지면 왠지 섭섭하다.

경기 악화나 식생활 변화에 따라 된장은 잘 팔리지 않는 시대가 되었지만 작은 회사이면서도 열심히 노력하면서 용케 버텼다고 생각한다.

도매시장에 점포도 있었기 때문에 외할아버지는 늘 "연어가 참 좋은 놈이 들어왔더구나." "포도가 탐스럽게 잘 영글었어."라며 그때그때 맛있는 것들을 사다 주셨다. 시장에서 사니까 슈퍼마켓에서 파는 생선과는 신선도가 다르고 단연 맛있다.

내가 타코야키(밀가루 반죽 안에 잘게 자른 문어와 파 등을 넣고 전용 틀에서 한입 크기의 공 모양으로 구운 것)가 먹고 싶다고 했더니 외할아버지 집에 갈 때면 매번 타코야키와 용돈 2,000엔을 준비해놓고 기다리고 계셨다. 용돈 2,000엔은 또 오라고 주시는 것 같았다.

우리에게 늘 맛있는 것을 배불리 먹이고 싶어 하시는 외할아버지는 맛있는 가게를 발견하면 "쿠시카쓰(잘게 썬 돼지고기와 파를 꼬치에 번갈아 꿰어 빵가루를 묻혀 튀긴 것)를 맛있게 하는 집이 있는데 먹으러 가지 않으련?"라고 하시며 데리고 가주셨다.

그런 손녀 바보인 외할아버지가 너무 좋아서 언젠가 외할아버지 같은 멋진 사장님이 되고 싶다고 어렸을 때부터 생각하게 되었다.

'사장님이 되어서 외할아버지처럼 모두가 먹고 싶어 하는 것을 사줄 테야.'

이런 단순한 이유로 생각했던 것이 어른이 되고 나서도 마음속에 계속 남아 있었다.

외할아버지는 내가 사고를 당했다는 것을 알았을 때 병원으로 곧장 달려와주셨다. 그리고 그날부터 매일 병원에 병문안을 와주셨다. 구명구급센터에 있었을 때 엄마는 내 상태가 더 나빠지지 않았을까 두려워서 병원에 오지 못한 적이 있었다. 그럴 때는 외할아버지가 먼저 구명구급센터에 와서 내 상태를 살폈다.

사고로부터 약 한 달이 지나 일반 병동으로 옮긴 뒤에도 일하시다 짬짬이, 혹은 퇴근길에 보러 와주셨다.

"피곤하실 텐데 그렇게 매일 오지 않으셔도 돼요."라고 말해도 "아이코의 얼굴도 보고 싶고, 병원 밥도 지겨울 거 아니냐."라고 말씀하시며 타코야키를 가져다주셨다.

"오늘은 소고기 감자조림을 만들어왔다."라며 그릇이 없었는지 100엔숍에서 산 플라스틱 구급상자에 담아서 가지고 오신 적도 있었다.

사실 이때 외할아버지의 몸속에는 암이 자라고 있었다. 가래가 멈추지 않고, 몸이 그렇게 편치 않은데도 빼놓지 않고 병문안을 와주셨던 것이다.

외할아버지는 결국 내가 사고를 당한 이듬해인 2006년 여름에 폐암으로 세상을 떠나셨다. 암이 발견되었을 때는 이미 너무 많이 진행되어서 손쓸 방법이 없었다고 한다.

자기보다 손녀를 항상 먼저 생각해주시던 외할아버지는 마지막까지 나의 멋진 외할아버지셨다.

그런 외할아버지의 영향을 받으며 자란 나는 대학에서도 상학부商學部를 선택하여 창업이라는 것을 늘 가까이에서 느끼고 있었다. 말로 표현한 적은 없지만 사장이라는 것에 친근감과 동경심을 갖고 언젠가는 꼭 되고 싶다고 생각하고 있었다.

창업을 의식하면서부터 창업 아이템이 가장 큰 고민거리였는데, 처음에 생각한 것은 '개'였다. 실은 사고를 당하기 전 개와 프리스비를 하던

다이너 일곱 살, 사라 아홉 살, 아농 열 살. 집 정원에서.

시절에 애견 트레이닝에 관심이 있어서 한때 애견 트레이너가 되고 싶다고 생각한 적도 있었다. 그러나 트레이너에게 애견 트레이너가 되기 위해서는 전문학교를 다니거나 훈련소에 입소하여 수업을 받아야 한다는 말을 듣고 이미 도시샤 대학에 진학하기로 결정되어 있던 나는 일찌감치 단념했다.

생계를 꾸리기가 어려우니 취미로만 즐기는 게 낫다는 조언을 듣고 납득한 부분도 있었다.

하지만 일단 단념했다고는 해도 '개와 관련된 일을 하고 싶다'는 생각은 남아 있었다. 게다가 '단념했다'는 사실이 마음 깊은 곳에 뿌리를 내리고 정기적으로 불쑥불쑥 얼굴을 내미는 것이었다. 이 기억이 이렇게도 끈질긴 것이었던가.

뭐지, 이 개운치 않은 기분은? 그때는 대학을 선택하길 잘했다고 생각하고 있었기 때문에 후회와도 달랐다. 내 마음에 뚜껑을 덮고 거짓말을 계속 하고 있는 것이 마음에 걸렸는지도 모르겠다.

'잠깐만…… 이대로 죽으면 난 성불할 수 없을지도 몰라. 그건 싫어.'

그렇게 생각했다.

언제 어떻게 죽을지 모르는 것이 사람이란 존재인데 "언젠가 해야지."라니 할 말은 아니지 싶다. 그것은 내가 직접 체험해봐서 누구보다도 잘 안다. 하고 싶은 일은 그 즉시 하지 않으면 다시는 할 수 없을지도 모른다.

우선 뭔가 시작해보자.

이렇게 나는 회사에서 일하면서 우선 개에 대해 공부하기로 했다. 개의 식생활이나 개호에 대해 배우고, 애완동물의 살처분 현상 등 관심 있는 세미나에도 몇 군데 참가했다. 창업과 관련해서도 책을 읽거나 세미나에 참가했다.

도쿄에서 혼자 남몰래 활동하기 시작한 나에게 아빠, 엄마, 여동생은 입을 모아 "도쿄에서 사기 당하지 않도록 조심해."라며 넌지시 속을 떠보곤 했다.

좋은 일만
있을 순 없지

한번은 엄마한테 "사라를 어떻게 좀 해줘야 되겠다."라며 SOS 요청이 왔다. 사라가 얼마 전부터 밤에 심하게 짖기 시작했다는 말은 들었지만 그것이 이제는 한계에 다다랐다는 것이다.

당시 사라는 열한 살. 사람으로 치면 여든 살을 넘긴 나이이다. 이미 할머니다. 나이만 문제가 아니라 눈의 백내장도 조금씩 진행되고 있었고, 귀도 멀기 시작한 것 같은 인상을 받았다.

사라는 원래 주위에 신경 쓰지 않고 자기 주관대로 살며 완고한 성격이다. 포기라는 것을 모르는 개다. 나이를 먹음에 따라 그 완고함은 더 심해져 있었다.

고향에 돌아가면 대개 열흘 정도는 집에 머무른다. 각오는 하고 있었지만 설마 이 정도까지 밤에 짖을 줄은 몰랐다.

사라는 식구들이 잠들고 나서 두 시간 후인 새벽 3시 무렵부터 짖기 시작한다. 거실에 있는 자기의 매트 위에서 "컹…… 컹…… 컹…… 컹……." 하고 마치 리듬을 타듯이 짖기 시작한다. 낮게 우는 소리가 머리에 울린다.

언젠가 그치겠지 하고 놔둬보지만 이래저래 15분은 계속되었다. 사라의 목소리는 세 마리 중에서 가장 크고 굵다. 단독주택이긴 해도 이웃집에 폐가 되는 것도 미안하고, 우리도 시끄러워서 잠을 잘 수가 없었다.

나와 여동생은 거실 옆방에서 자는데 침대 속에서 "사라!" 하고 불러보지만 전혀 진정될 기미가 없었다. 가족들이 참지 못하고 일어나서 사라가 있는 곳으로 가도 짖는 것을 멈추지 않았다. 용변 때문일지도 모른다고 정원으로 데리고 가려고 해도 전혀 아닌 듯했다. 그러다가 잠깐 동안 사라를 쓰다듬어주자 짖는 것이 진정되어서 침대로 돌아갔다.

그러나 한 시간쯤 지나자 다시 짖기 시작했다. 가족이 또 옆에 가서 쓰다듬어주었다. 아침 7시까지 그런 일이 반복되었다. 이건 아니야…….

나는 일시적이겠지만, 이런 일이 매일 반복된다면 사라를 사랑스러운 존재라고 생각하지 않게 될 것 같았다. 옆에 누워 있는 아농과 다이너도 "귀찮아 죽겠어……."라고 말하듯 하품을 하고 있었다.

밤에 짖는 것 외에는 전과 비교해서 달라진 모습은 없었다. '밥' '산책'과 같은 말에도 반응을 보이는 것으로 봐서 치매라고는 생각하기 어려웠다.

이대로 가다간 사람들이 먼저 쓰러지는 것은 시간문제였다.

원인을 전혀 알 수 없었다. 배가 고픈 것인지 외로워서 사람을 부르는 것인지. 혹시나 싶어서 사라가 사람의 존재를 가까이에서 느낄 수 있도록 여동생에게 사라의 매트 옆에 있는 소파베드에서 자게 하거나 시험 삼아 밥을 줘보기도 했다. 그래도 짖는 것은 잦아들지 않았다.

어쩔 수 없다는 것을 알면서도 나도 모르게 "사라, 시끄러워!"라고 소리를 지르고는 개운치 않은 뒷맛을 느꼈다.

그래도 그런 기분을 이내 떨쳐버릴 수 있게 해준 것도 사라 자신이었다. 낮이 되면 사라는 꼬리를 흔들며 다가온다. 그 모습을 보면 "오늘 아침엔 미안." 하고 소리를 질렀던 것을 사과하게 된다.

그러던 어느 날 우연히 화장실 시트를 거실에 깔고 잔 적이 있었다. 그런데 그날 밤 사라가 전혀 짖지 않는 것이었다. 아무래도 원인은 용변이었던 모양이다. 용변을 보려면 늘 마당으로 나갔는데 밤에는 마당에 나가지 않고 집 안에서 용변을 보고 싶었던 것 같다. 원인은 이처럼 사소한 것이었다. 늙은 개의 변화는 생각지도 못한 곳에서 찾아왔다.

개와 사는 것이 좋은 일만 있는 것은 아니다. 아름다운 것만 보면서 살 수 없는 상황도 있게 마련이다.

그런 생각이 들 때마다 사람과 개가 함께 사는 것에 대해 생각하게 된다.

사람들은 누구나 개를 입양하면서 여유롭게 산책을 하거나, 카페에 가는 등 개와 함께 즐겁게 사는 모습만을 상상할 것이다. 그러나 문제 행동으로 고민하거나 간병에 애를 먹는 등 부담이 되는 경우도 있다.

개는 사람을 바꿔주는 대단한 능력을 지니고 있는데, 서로 스트레스를 안은 채 살고 있는 것은 안타까운 일이다. 개와 함께 살게 된 이상 올바른 지식을 접하면서 도그 라이프를 즐겼으면 좋겠다. 나는 사람들에게 그런 도움을 주고 싶다고 생각하게 되었다.

'할 수 없다'는
생각에서 벗어나다

개의 존재는 내 인생과는 떼려야 뗄 수 없다. 처음엔 그렇게 싫어하더니 지금은 조금이라도 더 알고 싶어 한다. 스스로도 놀랄 정도의 변화다.

사고를 당한 후 이렇게 자립해서 살 수 있는 것도 개에게서 배운 덕분이라고 해도 과언이 아니다. 언제나 변함없이 밝은 모습을 보여주는 개들을 의지해왔다.

창업하고 싶다, 개를 알고 싶다고 혼자 남몰래 활동하기 시작한 지 벌써 2년의 세월이 흘렀다. 하고 싶은 것은 하는 것이 맞다고 스스로에게 말하곤 있었지만 휠체어 사용자인 내가 과연 무엇을 할 수 있을지 좀처럼 자신감을 갖지 못했다.

몸이 움직이지 않는다면 움직이지 않으면서 할 수 있는 일을 하자고 생각해보지만 내 머리는 그리 영민하지 못하다. 장애가 있는 몸이 원망스러울 뿐이다.

'이거라면 할 수 있을지도 몰라!'라고 생각해도 어딘가에서 '역시 무리일지도.'라며 브레이크가 걸린다. 그렇게 시간만 흘러갔다.

아무리 배워도 뭔가 성에 차지 않았다. 개를 개호하는 일에 대해서는 나도 개호를 받는 입장이라 전달할 수 있는 부분은 있어도, 가장 하고 싶은 일이냐는 물음에는 그렇다고 확실하게 대답하지 못했다. 실은 도그 트레이닝에 대해 배우고 싶은 마음이 가장 강했다. 하지만 개를 다루는 도그 트레이닝이 나에게는 무리이지 싶어서 좀처럼 발을 들여놓지 못하고 있었다.

한 침대에서 세 마리가 사이좋게 자고 있는 모습.

그럴 때 몇 년 전 미국에서 도그 트레이닝 시설을 운영하고 있는 일본인의 기사를 인터넷에서 본 기억이 떠올랐다. 당시엔 아무런 연줄도 없고, 지금처럼 진지하게 생각하지도 않았기 때문에 그냥 읽고 넘겼다. 그런데 애완동물 업계에 아는 사람이 늘어나면서 연락할 수 있는 지인이 있다는 것을 알았다.

뭔가 힌트를 얻을 수 있을지도 모른다. 만나서 이야기를 해보고 싶다.

그런 생각이 들어서 바로 메일을 보냈다. 그러자 즉각 "샌디에이고로 오시죠. 만나서 뜨겁게 이야기를 나눠봅시다."라고 기꺼이 답장을 보내주었다. 이렇게 된 이상 갈 수밖에 없다!

그러나 나 혼자서는 비행기도 탈 수 없고, 호텔에 묵을 수도 없었기 때문에 가족에게 "미국 여행하고 싶지 않아?"라고 시치미를 뚝 떼고 꼬드겨보았다. 내가 이런 식으로 누군가를 꼬드길 때는 대개 개와 관련된 일이어서 "또 개 때문이니?"라고 엄마한테 바로 들통 나긴 했지만.

"만나보고 싶은 사람이 있는데 샌디에이고에 산다고 해서. 가족여행 겸해서 갔다 와요."

가족이 갈 마음이 내키도록 샌디에이고 동물원과 미드웨이 박물관 같은 관광지를 어필하고 여비는 내가 절반을 부담하겠다고 설득했다.

"그래? 그럼, 일본에서는 직행편도 있고 하니 날짜만 맞으면 한번 다녀올까?"

그런데 의외로 엄마가 너무 쉽게 허락해줘서 맥이 빠졌다.

마침 여름휴가 계획을 잡지 않은 터라 가족 모두의 일정도 맞추기 쉬웠기 때문에 우리는 여름휴가를 이용해서 넷이 다녀오기로 했다. 이런 면에서는 우리 가족이 행동력만은 있는 듯하다.

샌디에이고의 기후는 습기도 없고 따뜻해서 지내기가 편했다. 햇볕은 뜨겁지만 그늘은 시원했다. 여기서 쭉 살고 싶은 생각을 갖게 하는 도시였다.

샌디에이고의 도그 트레이닝 시설은 몇 개의 도그 런과 수영장을 갖추고 있었다. 과연 미국답다고 그 웅장한 스케일이 부러웠다. 현지에서는 간사이 출신의 여성 트레이너가 밝게 맞아주었다.

"일본에서 이렇게 멀리까지 오시느라 수고 많으셨습니다. 많이 덥지요?"

간사이 지방의 사투리 억양에 여기가 오사카인 줄 착각할 정도였다.

대충 인사를 마치고 나자 "어떤 일을 배우고 싶습니까?"라는 질문이 날아왔다.

도그 트레이닝에 대해 기초부터 공부하고 싶다는 뜻을 대강 전하자 그녀는 내가 듣고 싶었던 도그 트레이닝의 방법에 대해 친절하게 설명해주었다. 그러고 나서 우리는 미국과 일본의 도그 트레이닝의 차이점과 일본이 안고 있는 도그 트레이닝의 과제 등에 대해 열변을 토했고, 눈 깜빡할 사이에 세 시간이 흘러버렸다.

개를 트레이닝한다는 것에 대해서는 개가 착한 일을 하면 칭찬해주고, 해서는 안 되는 짓을 하면 야단친다는 생각을 갖고 있었는데 이 시설에서는 조금 달랐다. 아니, 꽤 달랐다.

개에게 줄 수 있는 불쾌감이나 고통을 최대한 주지 않고, 개에게 스트레스가 적은 방법으로 개의 행동을 바꾼다.

이 세 시간만으로도 유익한 정보가 흘러넘칠 정도였다. 무엇보다도 트레이너의 열정이 대단했다.

마지막에 나는 잠시 망설이다가 휠체어 사용자도 할 수 있느냐고 물어보았는데 "할 수는 있다고 생각한다."고 말해주었다.

내 마음속에서는 이미 확신으로 바뀌어 있었다. 할 수 있을지 없을지 모르지만 일단 '할 수 없다'는 생각을 떨쳐버리고 도그 트레이닝을 배워보자. 그 후의 일은 그 후에 생각하자.

나는 후회만은 하고 싶지 않았다.

우선
해보다

초등학생 때 보고 깊은 감명을 받았던 영화 〈포레스트 검프〉에 내가 좋아하는 대사가 한마디 나온다.

"인생은 초콜릿 상자, 열어볼 때까지는 모른다."

지금도 결단이 필요할 때면 이 말을 떠올린다.

도그 트레이닝을 배우기로 결심하고 나서 당장이라도 배우고 싶은 마음이야 굴뚝같았지만 하는 일이 있고, 장소도 미국이고, 해결해야 할 문제가 산더미였다.

미국에도 가정봉사원 같은 사람이 있을까? 만약 없다고 해도 엄마한테 같이 와서 있어달라고 하기는 어렵다. 살 곳의 배리어 프리 문제도 있다. 내가 뭔가를 하려고 해도 그때마다 큰 벽에 부딪히며 해내지 못할 것 같은 기분이 들었다.

하지만 그것이 불행이라고는 생각하지 않았다. 핸디캡은 있지만 나와 비슷한 사람들과도 만났다. 늘 생각하고 있는 일이긴 한데 나는 주변 사람들에게 많은 도움을 받고 있다. 뭔가 곤란한 일이 생겨도 그때마다 도와주는 사람이 나타났다.

이번 일만 해도 샌디에이고의 트레이너로부터 다행히 그 미국 시설에서 배운 사람이 이미 일본으로 돌아와 도그 트레이너 육성 프로그램을 운영하려고 준비하고 있다는 연락을 받았다. 일본에서도 배울 수 있다는 생각에 나는 희망에 부풀었고, 어서 그 프로그램이 시작되기를 기다리며 일본에서 배우기로 했다.

그런데 회사는 어쩌지? 퇴직할지 일하면서 배울지 몹시 고민스러운 문제였다. 가족이나 주변 사람들은 이구동성으로 좀 더 일하는 게 낫다고 했다.

"일하면서 공부하면 안 되니?"

물론 지당한 말이라고 생각한다. 어렵게 들어간 회사를 그만두면서까지 할 수 있을지 없을지도 모르는 도그 트레이닝을 배우다니 차라리 배우지 않는 게 낫다. 애초에 휠체어 사용자를 고용하는 기업 자체가 적으니까.

나도 소니에서 근무하는 동안 많은 것을 배울 수 있었고, 귀중한 시간이었다고 생각한다. 이대로 계속 근무하면 아직도 많은 경험을 쌓을 수 있다는 것도 알고 있었다.

'앞으로 수년간 그냥 열심히 일만 하는 게 낫지 않을까?'

그런 생각이 잠깐 머리를 스쳤지만 지금 새롭게 첫발을 내딛지 않으면 지난 2년간처럼 시간만 질질 끌며 살게 될 것이다.

일하면서 배우는 것도 도망갈 곳이 있다는 사실에 기댈 것 같아서 싫었다.

그만두고 결과가 안 좋으면 다시 다른 일을 하면 된다.

위기 상황에 빠져도 나라면 다시 기어 올라올 수 있을 것이라고, 어디에서 오는지 모르는 근거 없는 자신감만은 있었다.

사고로 병원 신세를 지고 퇴원한 뒤로 자립하기 위해 줄곧 달려오면서 입사 6년째를 맞이하며 휴식 시간이 필요하다는 이유도 있었다. 잠깐 동안 천천히 인생을 걷는 시간이 필요했다.

가족은 안쓰러워했지만 한편으로 천천히 살고 싶다는 내 마음은 이해해주었다.

미국으로 가족여행을 다녀오고 7개월 후인 2014년 2월 나는 회사를 퇴직하고 실업자가 되었다.

앞으로의
미래

익숙하다는 것은 무섭다. 처음 이사 왔을 때는 도쿄 생활에 익숙해지지 못해서 마음을 잡지 못했는데, 지금은 도쿄의 좋은 점도 보이게 되어 오사카보다 살기 편하다고 생각할 때가 많다.

이동이라는 측면에서는 도쿄가 훨씬 편리하다. 철도가 거미줄처럼 연결되어 있고, 버스 노선도 많다. 엘리베이터도 새로 설치되는 역이 많아져서 열차를 타고 내리는 데 어려운 역이 줄어들고 있다.

게다가 나에게는 필수품인 구글 맵 스트리트 뷰가 망라하고 있는 길도 많다. 이 구글 맵 스트리트 뷰를 사용하면 가고 싶은 건물의 외관이나 그곳으로 가는 길에 턱이 없는지 미리 확인할 수 있다. 세상이 참 편리해졌다고 생각한다.

회사를 퇴직하고도 오사카로 돌아오지 않자 외할머니는 나를 볼 때마다 한숨을 내쉬며 말씀하셨다.

"아이코, 도쿄 사람이 되어버리기라도 한 게냐? 이제 그만 돌아오지 않으련?"

인생에는 잠시라도 날개를 펼칠 수 있는 기간이 있는 게 낫다고 생각한다.

회사를 그만두고 나서 도그 트레이닝을 배우기 시작했지만, 매일 배우는 것이 아니었기 때문에 평일의 자유 시간이 늘어나서 지금까지 할 수 없었던 것에 도전할 수 있었다.

우선 지금까지 열심히 살아온 나에게 주는 포상으로 도쿄 디즈니랜드의 연간 이용권을 샀다. 그리고 그동안 미뤄왔던 집 안 정리를 하거나, 여유롭게 박물관이나 미술관에 갈 수도 있었다. 아침이면 혼잡한 사람들 사이를 뚫고 출근해야 하는 일이 없어져서 지금까지 분주하고 바쁘게 흘려보내기만 했던 시간이 주위를 둘러보는 여유로운 시간으로 바뀌었다.

그중에서도 평일의 우에노 온시 공원은 내가 무척 좋아하는 장소 중

하나다.

평일에 쉴 수 있는 친구와 국립과학박물관에서 공룡의 화석이나 고대 생물의 모형을 구경하고, 도쿄 국립박물관에서는 사회과 자료집에서 본 적이 있는 국보를 보러 다녔다.

공원에 있는 레스토랑의 테라스석에서 점심식사를 하며 유유자적한 사람들의 모습을 여유롭게 바라본다. 열심히 춤 연습을 하고 있는 대학생, 사이좋게 손을 잡고 산책하는 노부부, 모두가 각자의 생각대로 살고 있다.

"기분 좋은 오후야."

얼굴에 닿는 바람이 상쾌하다.

"회사를 그만두니까 어때?"

허브티를 마시면서 친구가 물었다.

"마음이 아주 편안해졌어. 아무런 구속도 없는 시간을 가져보는 것도 좋은 것 같아. 복학하고 나서 쭉 분주하게 사느라 여유롭게 쉰 적이 없는 것 같아."

"창업한다고?"

"응. 휠체어 신세라 조금 불안한 건 있지만."

"너라면 잘할 거야."

"고마워."

아무렇지도 않게 해주는 말에 늘 힘을 얻는다.

도그 트레이닝은 배우면 배울수록 깊이가 있고 재미있었다.

개의 문제 행동이 심해서 곤란해 하는 사람들이 무척 많은 줄로 아는데 '문제'라는 것은 사람의 입장에서 본 경우의 문제이고 개의 입장에서는 이유가 있는 행동이거나 지극히 자연스러운 행동인 경우가 많다. 도그 트레이닝이라고는 하지만 개가 원래 문제를 안고 있는 것이 아니라 근본 원인의 대부분은 개를 대하는 주인의 태도나 처한 환경, 사육 방법에 의한 것이라고 새삼 깨닫게 되었다.

"아농이 문제 행동만 일으키는 것은 우리의 태도가 잘못되었기 때문일지도 몰라."

개보다 사람이나 환경을 바꿔가는 것이 도그 트레이닝이라는 것을 배웠다.

그렇게 생각하니 휠체어 사용자인 나도 할 수 있는 것이 많았다.

내가 목표로 하고 싶은 것은 사람과 개가 함께 즐길 수 있는 삶이다. 앞으로 개를 입양하려는 사람에게 입양하는 방법을 조언해줄 수도 있고, 입양한 개를 어떻게 키워야 되는지 조언할 수도 있다.

이미 개와 함께 살면서 관계가 좋지 않은 사람에게는 함께 무엇이 잘못되었는지 그 원인을 생각하고 개를 대하는 태도나 환경을 바꾸는 데 도움을 줄 수도 있을 것이다.

할 수 있을지 없을지는 몸이 자유로운지 자유롭지 못한지에 달려 있는 것이 아니다. 필시 그것을 하려고 하는 각오의 문제일 것이다. 할 수 없다고 생각한다면 그 시점에서 끝나버린다.

제한이 있기 때문에 비로소 어떻게 하면 할 수 있는지를 생각하고, 가끔 생각지도 못한 좋은 일이 생기곤 한다. 부자유라는 것은 눈에 보이는 것이 아니라 마음의 문제일지도 모른다.

사고에 대해
지금 생각하는 것

사고로부터 2년 후인 2007년 4월 25일, 나는 사고 현장으로 가서 두 손을 모았다. 사고 현장을 다시 찾는 것에 저항감은 남아 있었지만 현실을 받아들이지 않으면 다음 단계로 나아갈 수 없다는 기분이 들었기 때문이다.

당시 열차와 충돌한 아파트를 가까운 곳에서 보자 기억이 단편적으로 되살아났다. 그때 내가 느낀 공포도……. 나는 바로 그 자리를 떠나고 싶은 충동에 휩싸였다.

헌화대에 꽃을 올리고 목숨을 잃은 많은 분들의 명복을 빌고 있자니 가슴속에 복받쳐 오르는 것이 있었다.

두 번 다시는 같은 사고가 일어나서는 안 된다.

"사고에 대해 생각하는 바가 있습니까?"

이런 질문을 받으면 대답하기가 곤란하다.

그 사고는 나에게서 팔다리의 자유를 빼앗아갔지만 사고 자체에 관해서는 지금 '무심'이라는 말이 가까울지도 모른다.

내가 장애를 입었다는 사실을 받아들일 수 없었을 때는 '그 열차를 타지 않았다면.' '목이 아니라 다리가 골절되었다면 이렇게 후유증이 남지 않았을 텐데.' 하고 후회 비슷한 생각을 했다.

'ATS(자동열차정지장치)만 달려 있었다면.' '그 사고만 아니었으면.' 하고 해소할 길이 없는 분노가 부글부글 끓어오르기도 했다. 그러나 화를 내봤자 달라지는 것은 아무것도 없었다.

'왜 이렇게 화를 내고 있지?'

사고 탓에 심란해져서는 분노에 사로잡혀 있는 나 자신에게 까닭 없이 화가 났다.

지금은 이상하다 싶을 정도로 분노나 원망의 감정은 없다. 어쩔 수 없는 일에 화를 내봐야 기분이 풀리기는커녕 괴로움만 남는다는 것을 몸소 체험해왔기 때문이지 싶다.

사고를 잊고 싶은 것이 아니라 사고에 발목이 잡힌 채 앞으로의 인생을 살고 싶지 않다는 생각이 강하다. 내 인생이니까 사고에 휘둘리지 않고 내 발로 걷고 싶다. 계속 그런 생각을 하며 살아왔고, 이렇게 10년이 지난 지금이니까 비로소 말할 수 있는 것인지도 모르겠다.

사고 초기에는 "그 탈선사고로……."라는 말을 정말로 듣기 싫었다. 그 뒤에는 '불쌍해라.' '얼마나 괴로웠을까.'라는 동정의 눈빛이 기다리고 있었기 때문이다.

지금은 세상 사람들의 기억 속에서도 흐릿해진 듯하다. 그렇게 잊혀져가는 것은 어쩔 수 없는 일이고, 괴로운 기억은 억지로 기억하고 있을 필요가 없다고 생각한다.

다만 사고의 교훈은 꼭 남겨서 이런 일이 다시는 일어나지 않도록 해야 한다. JR 서일본에는 그럴 의무가 있다고 생각한다. 앞으로 안전과 안심에 대한 의식을 어떻게 구축하고 유지해갈지.

매년 입사하는 사원들도 포함해서 한 사람 한 사람이 가해기업이라는 의식을 갖고 모든 일에 책임을 다하기를 바란다.

인생은
욕심 부리는 사람이 이긴다

평소 늘 타고 다니는 열차가 설마 탈선하리라고 누가 감히 생각이나 할 수 있겠는가. 열차가 커브를 돌지 못한다는 말은 태어나서 한 번도 들어본 적이 없다.

열차의 오른쪽 바퀴가 공중에 뜬 순간의 광경과 열차에서 구조되었을 때의 안도감은 지금도 잊을 수 없다. 그때를 떠올릴 때마다 살아 있다는 것이 당연한 일은 아니라는 것을 느낀다. 그 사고는 나의 인생관을 크게 바꿔놓았다.

이 세상은 정말로 무슨 일이 일어날지 알 수 없다.

상상할 수 없는 일이 언제, 어디에서 일어나도 이상하지 않다. 한 시간 후에 자연재해가 일어날지도 모르고, 내일 자신이 죽을지도 모른다. 우리는 그런 상황 속에서 살고 있다. 그렇게 생각하면 하루하루의 시간은 매우 귀중하다. 1일은 24시간, 누구에게나 똑같이 흘러가고 있기 때문에 그것을 의미 있는 시간으로 만드는지, 쓸데없는 시간으로 만드는지는 오로지 자신에게 달려 있다고 생각하게 되었다.

인생은 즐기기 위해 사는 것. 어렵게 이 세상에 태어났으니 즐기지 못한다면 그보다 안타까운 일이 어디 있으랴. 그래서 나는 하고 싶은 일은 전부 해보려고 생각한다.

　회사를 퇴직하고 나서 나는 양궁을 시작했다. 원래 장애인 스포츠에 관심은 있었지만, 나의 장애 정도에서 할 수 있는 것은 한정되어 있었다.

　"양궁을 해보는 건 어떠니? 휠체어에 탄 사람도, 팔이 절단된 사람도 하는 것 같더라."

　경험자인 엄마의 권유를 계기로 양궁의 입문 강좌를 듣게 되었다.

　"쉬익, 픽!"

　그런데 화살이 날아가서 과녁에 꽂혔을 때의 소리가 너무나 상쾌하고, 해보니 의외로 재미있었다.

　양궁은 사소한 감정의 변화로도 과녁을 맞히지 못하곤 한다. 간단할 것 같아 보일지도 모르지만 막상 해보니 실은 심오한 스포츠였다. 나는 금세 양궁의 포로가 되어버렸다.

　악력도 없는데 어떻게 활을 쥐고 화살을 쏘는지 의문을 가질지도 모르지만 그것은 도구로 해결했다. 오른손에 밴드로 활을 고정시킨다. 왼손으로 활을 당기기 위해서는 내 사양에 맞춰서 만든 도구를 활줄에 걸어서 당기는데 놓고 싶을 때는 왼손을 비틀면 화살이 날아간다. 잘 만든 도구였다.

　양궁을 시작하고 나서도 다양한 분들을 만났다. 매주, 연습하고 있으니까 쏘러 오라고 불러준다. 무언가를 시작하면 새로운 사람과의 만남이나 깨닫는 것이 있어서 내가 보고 있는 세상이 넓어지는 것에 가슴이 설렌다. 인생은 그렇게 새로운 경험을 쌓으면서 그 농도가 진해지는 것이라고 생각한다.

하지만 하고 싶은 것을 하려고 해도 그때의 기분이나 감정에 따라 좀처럼 움직일 수 없는 경우도 있다. 그래서 나는 하루가 끝나는 시점에 지금 죽어도 후회하지 않는 삶을 살자고 스스로에게 들려준다.

창업에 대한 불안은 이루 말할 수 없이 크다. 그러나 해보지도 않고 포기하는 것이 더 싫다.

내가 보고 있는 세상을 더욱 넓히고 싶다. 내 인생이니까 좀 더 욕심을 부려도 되지 않을까 생각한다.

감사할 수 있는 기쁨

"감사합니다."

이 말은 몇 번을 해도 부족하다.

그때그때 다양한 사람들에게 도움을 받았다. 입원 중일 때는 물론이고 복학했을 때, 도쿄에 갔을 때 등 내가 위기에 처할 때마다 누군가 도움이 되어주는 사람이 반드시 나타났다. 참 좋은 세상이라고 생각한다. 누구 한 사람만 없었어도 지금의 나는 있을 수 없다고 생각한다.

사고로 당연했던 일상이 사라지자 죽음을 각오한 적도 있었다. 지금 이렇게 살아 있을 수 있어서 평소에는 신경도 쓰지 않았던 일상 하나하나에 감사를 느끼게 되었다.

사람들과 어울려 함께 웃을 수 있는 것.

글자를 쓸 수 있는 것.

자유롭게 가고 싶은 곳에 갈 수 있는 것.

개와 살 수 있는 것.

좋아하는 음식을 먹을 수 있는 것.

배우는 것.

남에게 감사하다고 말할 수 있는 것.

당연히 할 수 있었던 것이 실은 대단한 것이었다.

'사고가 일어나지 않았다면 어떤 인생을 걷고 있었을까?'

문득 그런 생각을 한 적이 있다.

대학을 졸업하고 바로 취직해서 쭉 회사원을 하고 있었을지도 모른다. 어쩌면 이미 결혼해서 가정을 꾸리고 있었을지도 모른다.

그 사고로부터 10년이 흐르는 동안 내 나름대로 열심히 달려왔다. 때로는 후회도 되었다. 결코 평탄한 길은 아니었지만 그동안 새로운 사람과의 만남이나 다양한 일들이 있었다. 그것은 나에게 있어서 재산이다.

지금 눈앞에 있는 사람도 내가 사고를 당하지 않았다면 만날 수 없었을 사람일지 모른다.

그렇게 생각하니 사고를 당해서 장애를 입은 것은 결코 좋았다고는 할 수 없지만 사고 덕분에 얻을 수 있었던 것은 많았다고 생각한다. 이제 와서야 그때 당한 사고에는 의미가 있었다고 생각할 수 있게 되었다.

앞으로의 미래에 어떤 일이 있을지 자못 기대가 된다. 수많은 벽이 눈앞을 가로막아서 실의에 빠지기도 하고 불안해지기도 할 것이다. 그러나 그 이상으로 이 세상에는 큰 가능성이 펼쳐져 있다. 걸음을 멈추고 있을 여유는 없다.

'나라면 괜찮아, 뭐든지 할 수 있어.'

이렇게 나를 믿는 마음만은 갖고 앞으로 나아가고 싶다.

2015년 1월, 다이너 열두 살.

돌아가신 분들의 명복을 빕니다.

  그날 많은 분들이 목숨을 잃었습니다. 사고가 일어나기 전, 평소와 다름없는 열차 안 풍경은 지금도 잊을 수가 없습니다. 저마다 쌓아올린 인생 스토리가 갑작스럽게 끝을 맞이하다니 가슴이 메는 심정입니다.

  지금도 여전히 고통 속에서 살고 있을 유족 분들과 부상자 분들도 많으리라 생각합니다. 사고로부터 10년이 흘렀지만 사고는 사라지지 않는 사실이고, 영원히 끝나지 않을 일이기 때문입니다. 나 자신도 마음속에 JR 후쿠치야마 선 탈선사고라는 지울 수 없는 기억을 평생 안고 있는 것 같은 기분이어서 앞으로 어떻게 살아가야 할지 늘 고민하고 있습니다.

  유족과 부상자뿐만 아니라 그 가족이나 사고와 관련된 분들 중에서도 저와 마찬가지로 인생이 바뀐 분도 많으리라 생각합니다.

  제 가족도 지난 10년은 전쟁의 연속이었습니다. 어쩔 수 없다는 것에 수없이 화를 내고, 바뀌지 않는 현실에 농락당했습니다.

그래도 하루하루의 작은 기쁨을 모으면서 간신히 여기까지 올 수 있었고, 마침내 돌아볼 수 있게 되었습니다. 10년은 하나의 통과점에 지나지 않습니다. 단순한 단락으로서 새로운 걸음을 내딛는 하나의 계기가 될지도 모른다고 느끼고 있습니다.

아이코愛子라는 이름은 주변 사람들에게 사랑 받는 아이가 되라는 뜻에서 지어준 것 같은데, 정말이지 가족에겐 많은 사랑을 받았습니다. 전에는 제 이름을 별로 좋아하지 않았지만, 지금은 멋진 이름이라고 생각합니다. 언제나 아무 말 없이 지켜봐주는 가족에게 감사하고 있습니다. 앞으로도 전력으로 달려갈 테니 지금처럼 지켜봐주세요.

그리고 애견들. 아농과 사라는 이미 이 세상에 없지만 이 책을 통해 다시 한 번 만날 수 있었던 것 같습니다. 나에게 와줘서 고마워.

다이너는 아직 좀 더 살아 있어줘.

모두의 덕분으로 저는 지금 살아 있습니다.

오카자키 아이코

캐치

그래, 살았으니까 다시 살아야지

한국어판 ⓒ 도서출판 잇북 2016

1판 1쇄 인쇄 2016년 2월 15일
1판 1쇄 발행 2016년 2월 20일

지은이 | 오카자키 아이코
옮긴이 | 김대환
펴낸이 | 김대환
펴낸곳 | 도서출판 잇북
책임편집 | 김랑
책임디자인 | 한나영
인쇄 | 대덕문화사

주소 | (413-736) 경기도 파주시 문발로 119, 파주출판도시 306호
전화 | 031)948-4284
팩스 | 031)947-4285
이메일 | itbook1@gmail.com
블로그 | http://blog.naver.com/ousama99
등록 | 2008. 2. 26 제406-2008-000012호

ISBN 979-11-85370-05-7 03830